故事会
精品系列

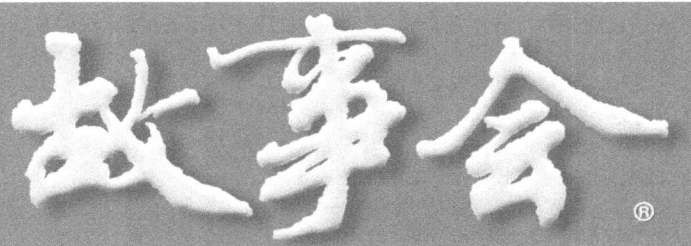

计谋故事

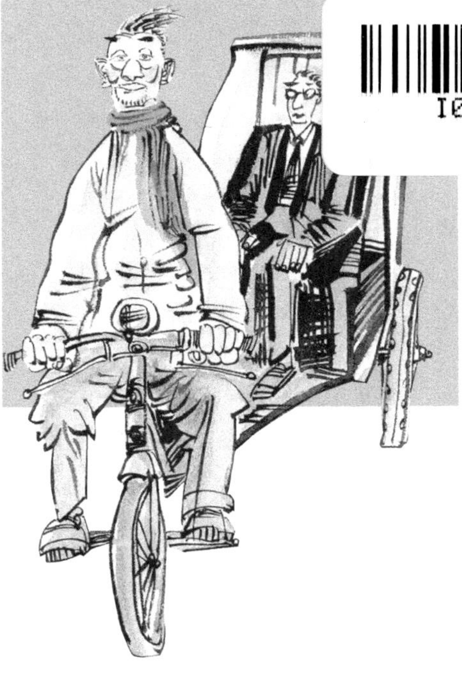

I0517179

 上海锦绣文章出版社
上海故事会文化传媒有限公司

上海文艺出版（集团）有限公司

图书在版编目（CIP）数据

计谋故事 《故事会》编辑部编 － 上海：上海锦绣文章出版社
（故事会精品系列） ISBN 978-7-5452-0046-1

Ⅰ．①计… Ⅱ．①故… Ⅲ．故事－作品集－世界 Ⅳ．I14

中国版本图书馆 CIP 数据核字（2008）第 059139 号

丛 书 名：故事会精品系列

书 名：计谋故事

主 编：何承伟

编 委：何承伟 吴 伦 姚自豪 夏一鸣

责任编辑：刘迎曦 鲍 放

装帧设计：王 伟

责任督印：张 凯

出 版： 上海锦绣文章出版社

上海故事会文化传媒有限公司

POD 海外发行： 中国图书进出口上海公司

电话：021-36357888

传真：021-36357896

地址：上海市虹口区广中路 88 号

邮编：200083

目　　录

自作聪明

计海谋趣

将 计 就 计

不论是在最大或最小的敌人面前,你该同样谨慎小心。没有智慧的蛮力是没有什么价值的。

破财求灾

　　河北有个年轻人,叫赵长生,在深圳一家制鞋厂打工,每月八百来元工资,要说收入也不算少。可他整日还是愁眉不展。因为每天要工作十来个小时,他吃不了那份苦。

　　打工挣钱不容易,赵长生就打起了歪主意:贩人。拐卖妇女来钱最快,厂里这么多如花似玉的小姑娘,哪个不能卖个万二八千的! 他早几年弃农下海,别的本领没有学会,却和四川的两个人贩子搅和在一起,干过两起拐卖妇女的勾当,后来打拐风紧,四川的两个人贩子销声匿迹,他也怕东窗事发,才躲到南方打工。可他游手好闲惯了,吃不了这份苦,于是就萌生了重操旧业的念头。主意已定,经过几番选择,他的目光盯上了河南来的打工妹刘小菲。

刘小菲二十来岁,连着两次高考落榜,面子上有些过不去,这才到南方闯世界。出门在外,举目无亲,遇到赵长生这样知冷知热、能说会道的大哥哥,刘小菲自然感到庆幸。从地域上讲,又算是半个老乡,两个人拉了几次家常,原来各自所在的乡村虽然分属两省,却只隔着一条黄河故道!常言说,老乡见老乡,两眼泪汪汪。一来二去,两个人的感情就拉近了。

赵长生知道,要想让这个邻省的姑娘心甘情愿地跟自己走,除非手里牵着一根爱情的红丝线。因此,开始他不急不躁,只管一个劲儿献殷勤,等着刘小菲上钩。

清纯如水的刘小菲一点儿也没设防,听任乡情发展为感情,感情又升温成了爱情。

三个月后的一天,遇到个休息日,赵长生买了野餐食品和饮料,邀刘小菲到海边游玩。一路上他又跳又唱,还故意问:"小菲,刚进厂那阵子,我整天闷闷不乐,可自从认识了你,我工作起来连疲劳也忘了。你说,这是为什么?"

刘小菲红着脸说:"明知故问!"

赵长生趁势进攻:"这么说,你是承认咱们的爱情了?"

刘小菲还是那句话:"明知故问!"

三个月就明确了恋爱关系,这真有些"特区速度"了,可赵长生心眼里还觉得这速度太慢。他一边山盟海誓,一边就趁热打铁:"小菲,咱们回去结婚吧!"

刘小菲听了不吱声,好久才摇摇头:"出来打工的人,家境都不太富裕,要是早早结了婚,被家务、孩子拖累着,以后就更难富裕了。咱们还是趁着年轻,在外边多挣些钱,让以后的日子舒服一些吧。"

刘小菲说得有道理,赵长生不好再勉强,就开玩笑说:"我是怕夜长梦多嘛!"

刘小菲嗔道:"咱们对着大海发过誓,还会变心吗?"

赵长生虽然心急火燎，却不敢再催促，可继续在这里泡下去，一是打工仔的日子一天也不想过，二是怕煮熟的鸭子飞出了锅。好在他主意多，没过几天就想出一个鬼点子，他用左手握笔，模仿老爹的口气，给自己写了一封信，就在深圳的邮局寄了出去。然后拿了信给刘小菲看："你瞧，我把咱们的事给家里介绍了，父母挺高兴。可农村老人脑瓜子封建，想让咱们回去一趟，让双方的父母相相面，按老风俗过过定礼，把事情定下来。你说怎么办？"

刘小菲接过那封信，看了一遍，暗中皱了一下眉头，突然叫道："你在搞阴谋诡计！"

赵长生吓了一跳，难道刘小菲看出了破绽？忙说："咱北方汉子直来直去的，搞什么阴谋？"

刘小菲道："嘻，你们河北那边的人最鬼，骗女方去相亲，晚上拿出种种借口不让走，等生米成了熟饭，女方想后悔都来不及了！"

原来是说这么一回事，赵长生松了一口气，认真地说："你看我是那样的人吗？咱们交往这么久，我动过你一指头吗？"

刘小菲接口说："不到入洞房的那一天，本姑娘也不会让人动的。"而后又推心置腹地说，"既然我答应做你的媳妇，丑也好俊也好，早晚是要见公婆的。只是现在不必花那冤枉路费，等到春节再说吧。"

赵长生纵有一百个不乐意，也奈何不得这个固执的打工妹，只有继续献殷勤，拴牢姑娘的芳心。不过这期间他自己倒是悄悄回了一趟老家，为刘小菲找好了买主。黄花姑娘的价格挺高，一万五千元，到时候人款两清。

转眼快到春节了，赵长生就跟刘小菲商量回家的事，不料一见面刘小菲先开了口："长生哥，今天咱们老板已经宣布了，春节期间上班发双薪，吃饭也免费。正是挣钱的机会，放弃了太可惜,给家里写封信,道一声平安,春节过后再回去。"

赵长生一听就傻了眼,他已经给老家的买主许了愿,答应人家春节前一定能入洞房,现在刘小菲为了挣钱不跟自己走,那马上就要到手的一万多元不就泡汤了吗? 没办法,他只好故伎重演,又模仿老爹的口气写信,说是老娘病重,急盼儿子回家,如果能见见未来的儿媳妇,冲一冲灾,说不定病就好了。

信还是从深圳的邮局发出,两天后就回到了赵长生的手中。他急匆匆找到刘小菲,把那封信塞到姑娘手里,未曾开言先落泪:"小菲,救我老娘一命吧!"

刘小菲又把那封信反复看了几遍,皱着眉头问:"长生哥,你是不是特别想结婚?"

赵长生又摇头又摆手,几乎是赌咒发誓地说:"我绝不是那个意思,我是想救我老娘的命! 就是救不了她,也满足她最后的要求吧!"话说到这份上,就是石头人也会被打动心。刘小菲思索一阵,说:"好吧,我跟你回去!"

赵长生有些喜出望外了,他略施小计,就骗取了小菲的同情心。这次行骗如果顺利,明年还来南方打工,当然要换一家工厂,再找一个打工妹继续"谈情说爱"。

接下来两个人商定,先顺路到刘小菲家,让岳父岳母相女婿,然后就到河对岸给赵长生的老娘冲灾。

回去的路怎么走? 刘小菲说坐飞机吧,为了让你娘早见亲人早康复。赵长生吓了一跳,一张机票一千多元,实在太昂贵了。可他还是咬牙答应了下来,买了两张机票,心里说:刘小菲呀刘小菲,今天让你开洋荤,明天就用你的青春报销这机票钱!

飞机果然很快,几个小时的航程,一眨眼就到了目的地,下了飞机乘汽车,天近中午,两个人就到了刘小菲的家。

刘小菲的爹娘和哥嫂都在家。小菲的哥哥三十多岁,一副村干部打扮,一介绍,果然当着村里的治保主任。

等他们坐定,治保主任问:"妹,是这个人吗? 怎么回事?"

刘小菲一改谈情说爱的温情,冷着脸问:"赵长生,你是哪里人?"

赵长生一怔,这哪里是相女婿,分明是三堂会审! 忙答道:"河那边上马乡大张庄的人。小菲,我给你介绍过呀,家里的信,我连皮带瓤都让你看过嘛!"

刘小菲正色道:"可你的所谓家信,都是从深圳的邮局发出的! 第一次我从邮戳上发现问题,还没有介意,第二次我就不能不警觉了。因此,我及时给我家打了电话,让他们了解你家的情况。通过了解,上马乡的大张庄,根本没有你这个人! 说吧,你编造谎言,骗我跟你离开工厂,到底想干什么?"

赵长生冷汗如雨,他没有想到这个打工妹这样有心机,竟在一枚小小的邮戳上发现了问题。贩人的阴谋已经败露,可千万不能把自己陷在这里,他只好继续编造谎言:"我太爱你了,可我家里太穷,只好生这馊主意……"

治保主任打断了他的话:"上马乡没有你这个人,下马乡倒是有个赵长生,一年前因为涉嫌拐卖人口,负案在逃。是不是你,下马乡派出所呆会儿就有人过来查证!"

赵长生一听慌了神,一边说"误会、误会",一边起身就走。可他刚站起来又瘫坐下去,因为有一辆警车已经来到了刘小菲的家门口……

(曲范杰)

(题图:魏忠善)

脚下有黄金

　　陈爷是个剃头匠，年轻时就一头挑着火炉、一头挑着剃具走村串乡，他剃了一辈子头，可别的头不会剃，就只会剃光头，"刷刷"几十刀，准保刮出一个不见茬的青光葫芦头。

　　有一年，邻庄二柱子爹眼看要咽气了，二柱子人腿跑成狗腿，急着来请陈爷去给爹剃头刮脸。陈爷到了他家，用热水给二柱子爹烫了头，又用热毛巾包着头焐了半晌，刀下比平时多带了些劲，没想到竟出现了奇迹：阳气不足、阴气有余的二柱子爹竟然又活转过来！半个月后，二柱子爹眼看着又是进气少、出气多，陈爷再去刮头，二柱子爹又阴差阳错地活转过来。再过了半个月，陈爷又为二柱子爹刮了一次光头，就这样来了三遍，二柱子爹才吐出最后一口气。

从这以后,陈爷的名声传遍了乡里,好多孝子在老爹老娘弥留之际,都要请陈爷去剃头刮脸。

这天,一辆小轿车一路鸣着喇叭来到陈爷家门口,车上下来一个梳大背头的青年人,西装革履,肚大腰圆。来人叫"大面包",今天是来请陈爷去给老爹剃头刮脸的。大面包是先富起来的那部分人,原来住在马家楼,后来在镇上办了厂、盖了楼,全家都搬到了镇上。

陈爷做这档子事从不怠慢,他立马上车赶去。车停下来时,陈爷才知道这里不是大面包镇上的新宅,而是十里外的马家楼老宅。陈爷随着大面包进了院子,只见四间老屋烟熏火燎、千孔百疮,院子里、墙根下被挖得乱七八糟,走进堂屋,见瘦骨嶙峋的老人躺在一张破旧的床上,身下垫的是一条麻袋,麻袋下面是秫秸。屋里缺这少那,连陈爷为大面包爹烫头洗脸用的热水,还是到邻家借的,气得陈爷愤愤地指着大面包说:"有你这样的儿子吗?"

陈爷剃完了头,带着一肚子气回到家后,把这事对庄上人一说,庄上人这才告诉他:大面包听爹说有两坛子银元记不清埋在哪儿了,他让陈爷来剃头,是想让爹多活几天,不是孝顺,是要让他爹回忆起银元埋在什么地方。那院里院外挖得鸡抓狗刨的,原来是大面包挖地三尺想找银元。陈爷连连摇头叹气,把大面包大骂了一通。

半个月后,大面包的爹还没有回想起银元埋在什么地方,眼看着人快不济了,于是大面包开车来接陈爷去给爹刮光头。陈爷跟大面包上了车,一路上思来想去,想出了一个主意,他对大面包说:"你真想要那两坛银元,就听我一句话。"

大面包连声说:"只要俺爹能多活几天,回想起银元埋在什么地方,陈爷,你叫我干什么都行。"

陈爷说:"那好,把你爹接到镇上你的新宅去。"

大面包一愣,不情愿地说:"我爹是快要死的人了,到我新宅去怎么弄?"

陈爷一笑,开导说:"换个地方,说不准你爹就想起来了。"

大面包一寻思,觉得这话有一定道理:爹一辈子住在老宅里,换个地方,说不准就想起来了呢,于是他就把奄奄一息的爹送到了镇上的新宅里。陈爷为老人烫头刮脸,还让大面包的媳妇好生伺候公爹。

大面包的爹也真邪,有儿子、媳妇好生伺候,孙子成天在跟前,不光干巴巴的黄脸上有了血色,竟然还能下床走路了。又过了半个月,大面包的爹又不行了,陈爷又被请去剃头。这天,大面包被朋友请去吃饭,屋里只有陈爷和大面包的爹两个人,陈爷为老人刮完头,老人一把抓着陈爷的手说:"老弟,谢谢你了。"说完,手一松,头一歪,竟驾鹤西去了。等大面包喝完酒吃完饭,打着饱嗝回到家,他爹的身子都凉了老半天啦!

大面包一看急了,"扑通"一声在陈爷面前跪了下来:"陈爷,我爹临终时有没有说那两坛银元埋在什么地方?"

陈爷想告诉大面包他爹没说两坛银元的事,但转念一想,便说:"你爹临终时是说了两坛银元的事,但有两个条件,你办好了,我就告诉你。"大面包立刻答应了,于是陈爷便如此这般说了一番。

大面包为了得到那两坛银元,三天后做了两件事,一是投资3万元维修镇小学的教室,二是投资5万元改建镇上的敬老院。大面包的义举在全镇引起了轰动,这些天里,他买砖运料,日夜操劳。

不料眼看将要竣工,资金却短了一截,大面包已经倾尽了钱财,正当火烧眉毛时,这天晚上,陈爷来到了大面包家,他从怀里掏出了一沓钱,说:"这是我大半辈子攒下的一万块钱,你拿去用吧。"大面包感动得眼泪直淌:"陈爷,等找到我爹那两坛银元,我一定还你!"

半年后,大面包完成了陈爷交办的两件事,县电视台也报道了,大面包一时间成了县里的知名人物。这天,大面包开着轿车把陈爷接到了自己的家里,说:"陈爷,我现在口袋都瘪了,你那一万元钱,只有用那两坛银元的钱来还了……"

陈爷望着累瘦了的大面包,说:"傻孩子,你爹小时候放牛当长工,他哪来的两坛银元?那是你爹怕你冷落了他才这么说的呀!"

大面包忽然明白了陈爷所作所为的良苦用心,眼眶一热,"扑通"又一次跪倒在陈爷的面前……

陈爷感慨万千地说:"孩子,你找到的不是银元,是金子呀……"

(李　琳)

(题图:魏忠善)

结局

　　小说作家吕西安是个性格内向、为人本分的男子,他妻子言语不多,很温柔。两人结婚二十多年来,相亲相爱,和睦相处,丈夫写出的作品,由妻子负责校对,然后用信封装好,寄出去,两人配合非常默契。吕西安每次回家,总是先拥抱一下妻子,亲亲她的前额,然后说一句一成不变的话:"亲爱的,我不在家时,你不觉得烦闷吧?"妻子的回答也总是差不多:"没有。我在家很高兴,见你回来就更高兴了。"

　　谁料到,年届五十的吕西安后来在外面结识了一个叫奥尔嘉的女人。奥尔嘉刚刚离婚,人长得很漂亮,而且有一套对付男人的手段,三下两下就把吕西安弄得晕头转向。最后,奥尔嘉提出要和吕西安结婚。说起结婚,坠入爱河的吕西安当然愿意,可这并不跟送件首饰那么简单,必须先和原来的妻子离婚。结婚二十多年来,吕西安和妻子没有过矛盾、没有过争吵,甚至连红脸的事都没发生过,如今突然要离婚,这话怎么说呢?

作家毕竟是作家,吕西安很快想出了个巧妙的办法,他编了个故事,把自己与妻子的情况移植到两个虚构人物的身上。为了使妻子能够领悟,他还特意穿插了一些他们夫妻生活中特有的细节。在故事的结尾,他让那对夫妻离了婚,并特意说明,既然夫妻间已没有了爱情,就挥挥手走开;妻子后来住到了南方,有足够的收入,悠闲自得地过着幸福的生活。

他心情不安地把文稿交给妻子打印,盼望她看了文稿后会跟他大吵大闹,到那时就可摊牌了。

晚上吕西安回到家,照样先和妻子拥抱、亲吻,同时试探地说:"亲爱的,我不在家时,你不觉得烦闷吧?"妻子依旧甜甜地一笑,说:"不,见你回来,我很高兴。"吕西安心里一怔,又问:"那篇文稿打印了吗?"妻子说:"已经打印好,寄给报社了。"吕西安更纳闷了:她为什么毫无反应? 是她看不懂呢,还是故意沉默?

几天后,文章在报上发表了,吕西安急忙拿过来读。读着读着,他的脸色变了。原来,妻子把故事的结尾改成了:既然丈夫提出要求,那对夫妻还是离了婚。可是,那位结婚二十多年之后依然深深爱着自己丈夫的妻子,却在去南方的途中,因为痛苦、忧郁而死了,临终还呼唤着丈夫的名字。

妻子修改的结尾令吕西安震惊了,他意识到自己是多么的愚蠢。当天,他就和奥尔嘉一刀两断。

他回家的时候,用比往常更温柔的语气问妻子:"亲爱的,我不在家时,你不觉得烦闷吧?"妻子微微一笑,回答道:"不,我很高兴。看到你回来,就更高兴了。"

(阿科芒)

(**题图**:箭 中)

托儿的绝招

艾迪在一个叫做"世界奇观"的马戏团里干活,不过他既不是演员,也不是厨师,他的身份很特殊,是一个"托儿"。

托儿这个职业大家都知道,也叫"撬边的",就是和卖家串通好了,冒充顾客,鼓动大家买东西的人。不过艾迪做托儿,一不开口,二不动手,他有一个绝招,就是能做出一副傻呵呵的痴迷样子,来吸引别人。

每到一个新地方,马戏团的红胡子老板巴特就会在帐篷前大吹大擂,说自己团的节目有多么精彩。艾迪呢,就站在他面前,两眼发直,嘴巴微微张开,一动不动地傻看着,仿佛被巴特的介绍完全迷住了。

说来也怪,只要艾迪往那里一站,就像有魔力似的,立刻就能把周围的过路人吸引过来,艾迪不用回头,便知道身边聚集了多少人。等他觉得差不多的时候,他就第一个上去买票,于是他身边的那些人也仿佛中了邪似的,乖乖地跟着他买票进场看马戏了。

凭着这个本事,艾迪很受巴特的器重。

可是最近,艾迪有了心事。艾迪的心事说起来也正常,就是他看上了马戏团里一个新来的姑娘阿兰娜。这个阿兰娜年轻貌美,来了不久就成了团里的台柱子,她表演的轻纱舞每次都成了马戏团演出的压台戏。

可团里迷上阿兰娜的不止艾迪一个,就连老板巴特也对阿兰娜盯得很紧,一有机会就往她住的篷车里蹭。可是阿兰娜对巴特连正眼也不瞧一下,据说阿兰娜的理想是遇到一个又有钱又爱她的人,然后就结束江湖生活,去做阔太太。艾迪知道自己不可能娶到阿兰娜,所以他每晚只要看到阿兰娜在台上演出,就心满意足了。

这天马戏团来到一个新的小镇,艾迪又使出他当托儿的本事,和巴特一搭一档引来满场的观众。艾迪混在观众中间,等啊等啊,等着阿兰娜上场,可奇怪的是,直到最后都没见阿兰娜上台,最后一个节目不是阿兰娜的轻纱舞,而是改成了大力士的举重表演。艾迪很纳闷,等到观众们渐渐散去,他赶紧来到后台看个究竟。

在后台,艾迪遇到了正在数钱的巴特,艾迪问:"老板,怎么今天阿兰娜没上场?"

巴特眼皮也不抬,冷冰冰地回答:"谁知道,也许是身体不舒服吧!"

"你今天见过她吗?"

"没有,没有见过。"

艾迪听巴特说一整天没见过阿兰娜,不由紧张起来:阿兰娜生病了？他转身想去阿兰娜住的篷车看看。

"站住。"巴特在背后叫住了他。艾迪转过身，只见巴特两只老鹰似的眼睛正直勾勾地盯着他，"你最好别去看阿兰娜，她需要休息。"

这时，艾迪注意到巴特的衣服上别着一朵红色的石竹花，不过花瓣已经掉了一半，前胸也被撕破了一道口子。艾迪想了想，说："我还是去看看吧。"

艾迪径直来到阿兰娜的篷车前，敲敲车门，里面没有动静。他伸手一推，车门开了，但里面黑乎乎的，什么都看不见。艾迪叫了声"阿兰娜"，就走了进去，他摸索着开亮了灯，待看清篷车里的情形，只觉得浑身的血一下子凝固住了。

只见阿兰娜仰面躺在地上，双目圆睁，脸部肿胀，舌头外伸，脖子上有一道紫印，显然是被掐死的。艾迪惊叫了一声，忍不住跪在阿兰娜身旁失声痛哭起来。他看见死去的阿兰娜手中紧紧抓着几片红石竹的花瓣，还有碎布片，和巴特身上穿的那件衣服上的花纹一模一样。

艾迪明白了是怎么回事，他想去报警，正站起身来，就听见背后传来冷冷的声音："你最好别动。"

艾迪缓缓转过身来，只见巴特像座铁塔似的堵在门口，手里握着一把枪，黑洞洞的枪口正对着艾迪。

艾迪问："是你杀了阿兰娜？"

"不错，"巴特咬牙切齿地说，"这个臭娘们从来没有正眼看过我一下，她还梦想去做什么阔太太呢，哈哈……我得不到的东西，别人也不要想得到！我知道你也很喜欢她，所以就让你来见她最后一面，顺便帮我一个忙。"

艾迪愤怒地嚷道："你别做梦了，我会去告发你的！"

巴特笑了："哈哈……你说警察会相信一个马戏团老板呢，还是会相信一个到处招摇撞骗的托儿？大家都知道你一直喜欢阿兰娜,我只要说是你追求阿兰娜不成,杀死了她,没有人会怀疑我。"

"可是……"艾迪说,"阿兰娜的手里抓着你衣服上的碎布片呢,还有红石竹的花瓣,这是你杀人的证据。"

巴特仰天大笑起来:"证据?如果我们把她埋了,就没有证据了。听着,这事儿我一个人干不了,所以找你帮忙,你乖乖地跟我把她埋了,我就让你继续在马戏团里过好日子。不然的话,嘿嘿……"

可是,艾迪没有丝毫的犹豫,坚决地朝巴特摇了摇头。

于是巴特眼露凶光扑了上来,抢起手里的枪柄,对准艾迪的下巴就是猛一下子。艾迪猝不及防,被打倒在地,他摸了一下脸,看见满手是血,他支撑着刚站起来,巴特抢起手里的枪柄,对准他的脑门又是猛一下子,艾迪重重地倒在地上,只感觉天旋地转。

巴特狞笑着问倒在地上的艾迪:"到底干不干?我给你最后一次机会!"

艾迪在地上躺了好久,才晃晃悠悠地站起来,说:"好吧,我可以帮你,但我现在胸口发闷,要喘口气。"

巴特说:"你是个聪明人,你应该知道,除了帮我,你没有别的办法。你就在这里喘气吧!"

艾迪摆摆手:"不,这里的空气让我难受,我要到外面去。你如果不让我尽快恢复,我也帮不了你。"

巴特犹豫了一下,说:"好吧,你可以出去,不过别想逃跑,也不许喊人,不然我立刻就开枪把你打死。"

艾迪点点头,走出了篷车。他站在车前的空地上,深深吸了口气,然后回过头,就像他平时做托儿一样,两眼发直,嘴巴微微张开,一言不发地看着这辆阿兰娜曾经住过的篷车,仿佛在看一样世界上最吸引人的东西。

艾迪全身心地看着,比他以往任何一次做托儿的时候都要看得认真,看得入神!

仿佛有魔力一般,那些刚才马戏表演散场后还没有走远的观众和路上的行人,都被艾迪这副傻呆呆的样子吸引过来。人越聚越多,艾迪没有回头,甚至连眼睛都没有动一下,他能够感觉到身边的人究竟聚集了多少。

不多会儿,艾迪开始向这辆篷车走去,后面的人便紧跟着他一起朝前拥去。

车门开处,人们看见了地上躺着的阿兰娜,还有她身边的红胡子老板巴特。巴特正像疯了似的从阿兰娜手里撕扯那块碎布片,可是怎么也撕不下来……

这是艾迪做托儿以来,最最成功的一次。

（陆自敏　改编）

（题图:箭　中）

费城有家五金店

　　费城有家五金店,新开张不久,专门卖名牌家用锁具,生意非常好。

　　这天,店老板正在店堂里招呼顾客,突然一个身穿警服的男人大叫一声:"有小偷!"随即就抓住了一个男孩的手腕。

　　老板回头一看,那男孩看上去只有十五六岁,手里确实拿着一把锁。

　　警官把男孩带到老板面前,说:"先生,您知道他是谁吗? 弗尔森那家伙教唆出来的,这么小就跟着干这行,居然把主意打到您这儿来了。"

　　弗尔森是费城有名的恶棍,手下聚集着一大群不良少年,他唆使他们干尽了坏事,可自己却从不轻易出面,警方一直在设法抓捕他。

谁知老板却非常有礼貌地朝警官点点头,说:"对不起,我非常感谢您的好意,但我要告诉您的是,这把锁是我让这孩子去拿的,因为我腾不出空,我正在向我的顾客介绍店里新到的货品。"

"您……"警官两只眼睛直直地盯着老板,"我郑重地提请您注意,这小子绝对不会是第一次出手,您今天可以这么袒护他,但这只会让他以后更加变本加厉地去跟着弗尔森干坏事。"

警官坚持要把男孩带回警局,想以此打开缺口,可老板却朝他耸耸肩。老板不开口,警官就无法坚持,最后只好对男孩松了手。

警官走了,老板望着男孩,向他伸出手去:"说吧,叫什么名字?"

"强尼。"这个叫强尼的男孩一面回答老板的问话,一面就把手里的锁具交还给了老板。

其实刚才警官一点没看错,也一点没说错,就是这个强尼,不仅偷了店里的锁,而且他确实是弗尔森故意派来踩点的,弗尔森已经把目标瞄准了这家五金店。

明明干了坏事,老板为什么还要在警官面前替强尼说话呢?强尼心里觉得很奇怪。

老板眯起一双小眼睛,打量了强尼好一会儿,不说话,然后把男孩还给他的那把锁在手里把玩了好一阵子,突然抬头问:"知道怎么打开它吗?"

强尼猜不准老板问他这话是什么意思,不吱声。

老板朝强尼努努嘴:"把你的鞋带给我。"声音不重,口气却非常强硬。

强尼不得不听话地弯下腰,解下一条鞋带,递给老板。

老板拿过鞋带,把鞋带头上包着金属片的一端穿进锁孔,两只指头轻轻一动,锁头居然"啪"地一声弹开了。强尼惊讶地

"啊"出了声,眼光里充满了对老板的崇拜。

老板依然眯起他那一双小眼睛,打量了强尼一会儿,然后不慌不忙地从店堂一侧的柜子底下翻出一本泛黄的剪报册,递给强尼。

强尼打开一看,哇!里面剪贴的都是国外一个叫库斯楚的大盗偷盗保险箱的报道,强尼一页一页地翻着,贪婪地读着。

"知道这个人吗?"老板盯着强尼。

"不知道……"强尼刚说了"不知道"三个字,突然好像醒悟了似的抬起头,打量了老板一下,惊叫起来:"您……像,太像了,您就是库斯楚大盗?"

老板的脸上闪过一丝不置可否的神情。

强尼追着问:"那么,您是刚从国外来的?难怪这家店是新开张的哩!"他讨好地朝老板笑了笑,竖起拇指说,"您真了不起啊!"说完,他低下头,重新开始一页一页把这本剪报册又翻了一遍,好像拼命要从中找出什么奥秘来似的。

老板站在旁边"嘿嘿"笑了两声,说:"傻小子,你可别想在这里面找到什么奥秘,我不会把它告诉任何人的,尤其是你们这帮家伙。我只会把这些东西写进我的回忆录里,一本专门介绍我各种偷盗技巧的回忆录。"

老板说到这里,拉开柜子上面的抽屉,指指躺在里面的一个笔记本,说,"这只能到我死后才会发表。可到那个时候又有什么用呢?人人都知道了奥秘,奥秘自然也就不存在了啊!哈哈!"

老板笑得很是得意,强尼只好深深地叹口气,瞥一眼那本躺在抽屉里的笔记本,脸上显出一种和他年龄极不相称的悲凉和失望。也许在强尼看来,老板的这个回忆录简直就是一座金库,只要掌握了其中的奥秘,以后干什么事都能得手。

不过,强尼转而一想,又觉得奇怪:掌握如此奥秘,又如此风光过的人,怎么甘心只到这里来开一家小小的五金店? 是他自己跳出江湖撒手不干了,还是另有高手而他只能"俯首称臣"? 强尼不敢随便问,只好在心里胡乱猜测着。

突然,剪报册最后一页,一行醒目的大字映入强尼的眼帘:大盗终入狱,巨富变穷蛋。这么有本事的大盗,难道也斗不过警察? 强尼抬起头看着老板,脸上满是疑惑的神情。

此时,老板的脸上已经全然没有了刚才的得意。老板对强尼说:"我后来在监狱里蹲了 23 年。其实在入狱之前,我已经有了用不完的钱,可那又有什么意思呢? 我厌倦那种生活了,但又无法收手,因为我已经上了瘾,所以最后我只能故意露出破绽,让警察来抓我,强制我入狱改造。就是 23 年的牢狱生活,让我变成了今天这个样子,但我反而觉得很愉快,这才是我真正想要的生活啊!"

说到这里,老板从强尼手上拿回那本剪报册,放回到柜子里,又把放笔记本的抽屉关上,仔细地加了锁,然后语气沉重地对强尼说:"孩子,你现在应该知道我为什么会在警官面前如此袒护你了吧? 听我的话,你现在毕竟还是个孩子,收手还来得及,不要再跟着那个混蛋弗尔森干了,不管小偷也好大盗也罢,这种事干下去都不会有什么好结果的。至于那个混蛋,他只不过是在你们面前吹吹罢了,我敢说,照他这个样子,不出一个星期,他就会锒铛入狱!"

"您胡说!"一听老板把自己拜为偶像的弗尔森贬得这么一钱不值,强尼受不了了,他固执而又狂怒地朝老板吼起来,"您根本不知道弗尔森有多厉害!"他一面喊着一面就冲出了店门。

老板看着他狂奔的背影,只好失望地摇头:"那就祝你和你的弗尔森好运吧!"

老板继续忙他的事情去了,可让人拍案叫绝的是,真的不出一个星期,其实也就是两天后的一个深夜,弗尔森真的被警方抓住了,和他一起被抓的还有那个强尼,而抓捕的地点居然就在老板的店堂里——弗尔森还没来得及将店堂一侧柜子抽屉里那个笔记本拿到手的时候,已经在那里守候了两个晚上的警官把枪口对准了他。

老板快乐地耸着肩膀,瞥一眼哭丧着脸的弗尔森,说:"有你这么干事的吗? 也不动脑子想想,如果我真是那个醒悟了的大盗库斯楚,我怎么可能再去写什么专门介绍偷盗技巧一类的回忆录呢,那岂不只会去害更多的人? 警方早就打探到你们要对我这个店铺下手的情报了,正巧我长得和那个大盗库斯楚挺像,我们就故意设好了这个套,等着你们来钻。"

说到这里,老板"啪"的一声拉开抽屉,把里面的笔记本拿出来,甩在弗尔森面前:"看看吧,它是个什么东西。"

弗尔森站着没动。

强尼忍不住拿过来,打开一看,原来是一个账本。

(紫 红 改编)

(题图:箭 中)

攻 其 不 备

你想要达到什么目的,就要把所有的力气、所有的手段、所有的条件、所有的一切都花上去,要盯住不放。

老板的绝活

　　这事发生在 1930 年豫东的一个小镇子上，那年年底，军阀在中原的大混战刚结束。

　　有一天，一个伤兵拄着双拐走进路旁的烧鸡店。这个小店卖整个的烧鸡，也单独出售鸡翅、鸡腿、鸡爪等下酒菜，因此，来这家小店饮酒就餐的食客很多。

　　那伤兵一进门，就向食客较多的几张餐桌旁挪去。他说话有点结巴，还扯着嗓门吼："跑……跑堂的，弄个小鸡子来……吃吃……"在豫东、鲁西南一带，乡村土话"小鸡子"，是指当年长成的鸡，肉很嫩。

　　"这边请，这边请。"跑堂的伙计显然不情愿让这个伤兵坐到人堆中去，但又唯恐得罪了这位腰间显然别着家伙的士兵，更怕他无事生非,砸了今天的生意,所以连忙迎上去拦住了他,让他在墙角一张不太显眼的餐桌旁坐下,并接过伤兵手中的一根拐杖,倚放在餐桌旁,恭敬地问道:"长官,您坐这边。长官,您喜欢吃肥一点的,还是瘦一点的?"

伙计把伤兵安排到这个角落里,伤兵自然不满意,他操着另一根拐杖"咚咚"直捣地:"什么坐这……这边……那边的,嗯,就来两个鸡……鸡的……这边的……鸡腿吧!"

伤兵把"这边的"三个字音说得很重,跑堂的伙计一听就知道伤兵对座位安排已经不满意,就更加小心谨慎。"好嘞——两个鸡腿,正好十个铜子,马上就给长官端来!"跑堂的伙计吆喝着,心想:这个伤兵没有要整个烧鸡,看来腰包中的钱并不多。所以,他又加重语气吆喝了一遍,一是通知后堂厨师赶紧下菜,二是担心这伤兵吃东西赖账,事先报个价出来,提个醒儿。

你别说,那伤兵倒是很知趣,"哗啦"一声,十个铜子先放在了桌子上。

不一会儿,两个烧得正是火候、香喷喷的鸡腿装了一盘端了上来,皮脆肉嫩,焦黄冒油……

"这……这是两个鸡……鸡的腿吗?为什么少给了一半腿?你们是不是在讽刺老子也……少了一半腿!"伤兵显然是故意找茬,又用拐杖把地面捣得"咚咚"直响,并伸手把驳壳枪从腰间掏出,"啪"地甩在桌子上。

店老板一见来者不善,赶忙过来调解:"这位长官,您刚才要的就是两个鸡腿呀!如果不满意这一盘,我让他们立刻退回去,再换一盘,怎么样?"

"我说的是两个鸡……鸡的……"伤兵喉咙中那个"的"字的声音在连续打着转儿,他左手按着桌面上的驳壳枪,右手把手中的拐杖捣得更响了。

店老板突然明白过来:"……哦,对不起,是他们刚才没有听清楚,您要的是两只鸡的全部鸡腿,那应该是四个吧?我这就马上让后堂去做，再给您端上，还是收您十个铜子。"店老板今天自认倒霉，心想：如果我这是烧"猪"店，这伤兵要的是猪腿，那就赔得更多了。

不一会儿，四个香喷喷的鸡腿装了一盘，端上了桌，皮脆肉嫩，焦黄冒油……

跑堂的伙计松了口气，转身又去招呼别的生意了。

可是，那个伤兵这次仍然是眉头皱在一起，用筷子拨拉着，把盘中的鸡腿分为两堆："喂，老板，我要……要的是这边的腿，怎么拿来三个那……那边的左腿来冒充这边的右腿？"

店老板盯着盘中的鸡腿，愣在那里。他做了一辈子的烧鸡生意，的确没有鸡烧熟了以后仍能分辨出左、右腿的本事。眼前这个一口气连一句话都说不完整的大兵，竟然在这里玩起了"语言游戏"，故意找麻烦来啦！

"这堆三个，分明都是左腿，只有这一个才是右腿。老子打仗掉了右腿，今天来你们店，就是为了缺啥补啥的！"伤兵不知怎么的，说话也不结巴了，只见他猛地站立起来，气得把手中的拐杖摔在地上，接着伸手一掀，餐桌翻倒在地，盘碎鸡腿飞，原来倚靠在餐桌上的另一根拐杖倒在地上，那支驳壳枪也压在桌子底下。

满店的食客和邻居街坊闻声都围了过来……

店老板慌忙跨前一步，扶住晃晃悠悠、摇摇欲倒的伤兵，说："好说，好说，什么都好说，不就是要鸡的右腿吗，请长官马上到后院，有的是活鸡，你指着要哪条鸡腿，我们立刻就做哪条鸡腿！"

"老子不吃了！今天老子这条伤腿肯定会被你们气得发炎，快拿五百大洋来，让老子去买消炎药，今天就算没事！"伤兵耍起了无赖，坐在凳子上，一副死乞白赖的样子。

跑堂的伙计连忙捡起摔在地上的两根拐杖，恭恭敬敬地递给伤兵。

"慢着!"店老板对伙计这么说着,一边已经把两根拐杖接了过来,然后合在一起,举到伤兵面前,突然问道:"长官,请问哪根是您刚才拄的右边的拐杖?"

伤兵一愣,随后一指:"这……这根。"

"这根? 好吧,就算是这根。"店老板转过身来,把拐杖递给刚从后院赶来看热闹的一名屠夫,说道:"老四,你看这位长官说的右拐杖和左拐杖有什么不同?"

那个屠夫刚喝了半瓶烧酒,把宰鸡的尖刀夹在腋下,接过拐杖,红着眼睛仔细瞅了几遍,才说道:"粗细高矮还真差不多……"

看热闹的食客们也伸长脑袋,辨别着两根拐杖有什么不同。

店老板随即又像京剧中的武生耍花枪一样,把两根拐杖舞了几圈,然后又是"喀嚓"合在一起,举到伤兵面前:"长官,请再指出哪根是您左边的拐杖?"

"这……这根。不……这……"伤兵这次傻了眼,他刚才指认的"右拐杖",本来就是信口开河,这两根拐杖在平时使用时根本就不分什么左右。

他明白了,店老板实际上是在"以牙还牙"教训他,但他这时却不好再耍无赖了,特别是抬头看到屠夫那通红的眼睛时,他胆怯了,担心如果说不准哪根是"左拐杖",这满身横肉的汉子就要扑上来同自己扭打。

食客中也有人指着伤兵替店老板打起了抱不平:"认啊,哪根是你的左腿?"

"哼! 老子今天记性不好,分不清左右了……你们算老几,就是俺连长让我走队列,叫我出左腿,我偏出右腿,他也没辙。过几天,俺连长会带几个全胳膊整腿的弟兄来给你们算账的!"伤兵见众怒难犯,夺过拐杖,一瘸一拐地逃出了烧鸡店,慌乱之中连压在桌子底下的枪也顾不上要了……

　　故事到这里本来算是完了,但据说从那时起,那位店老板真的研究起鸡的左右腿来了,不久就练出了令人叫绝的眼力:即使把鸡腿,以至鸡爪、鸡翅烧焦,也能辨别出哪是左哪是右!

　　后来那个伤兵又领着一伙人赶来,还提来了在腿上做了暗记的鸡,想靠此法强吃豪夺,结果店老板仍能分辨出左右来,这伙人只好灰溜溜地走了。

　　店老板的这手绝活一直传到今天,不久前,有个记者在中原大地上还真的访问到了这么一家烧鸡店……

(于　东)

(题图:黄鑫德)

金屋藏娇

　　王海本是一介草民,赶上好年月,在"商海"里扑腾了几年,终于发了,成了省城最大的建材公司的总经理。

　　那天下午,天空晴朗,王海的心情很好,驾着"宝马"直奔洛城。虽然这次到洛城并没有什么大生意要做,不过是业务上每个月的例行公事,但想到又可以和小丽在一起度过两个浪漫之夜,他怎么能不高兴呢?

　　小丽是王海的情人,那套豪华公寓的高价房租,也是王海心甘情愿为她付的,王海每次从省里到洛城来检查建材分销商的生意,小丽总是在公寓里等他。

　　当然,王海的妻子江雪不知道小丽,她以为王海每次来洛城,都是住在一个当兵时的老战友家里。她也许有点疑心,但从没表示过。王海觉得这样没什么不好，他并不认为自己对江雪的爱减少了，江雪是两个孩子的母亲，那是他的家庭生活，而在洛城枫丹公园的公寓里，王海同许多有钱的大款一样，过的是金屋藏娇的生活。而且对小丽，王海是真心喜欢她的。

小丽本来是洛城一家大型国有企业艺术团里小有名气的舞蹈演员，前年这家企业效益滑坡，再也养不起三四十号人的艺术团，便慢慢开始下岗减员，虽然还没轮到小丽头上，但也搞得她心灰意冷，干脆自己辞了职，去省里闯荡，没闯出什么名堂，却跟王海萍水相逢。她从不张口向王海要钱，也很少谈到钱，仅凭这一点，她就跟那些死乞白赖傍大款的欢场女子拉开了档次。

到了洛城，王海的"宝马"下了高速公路，很快驶进了枫丹花园。

这时，一声熟悉而甜美的叫唤传了过来："海哥……"王海下车一看，小丽已经笑吟吟地迎了上来："隔了这么久才见到你！"

"只有四个星期呀。"

"像是一辈子。"

按照往常的习惯，坐了一会儿，王海就去洗澡，小丽坐在沙发上，喝着咖啡，看着电视。

正在这时，门铃忽然响了起来，小丽笑吟吟地边起身边问外面是谁，没人回答，可门铃还在响。"走错门了吧！"她似乎有点恼火，随手把门打开……

突然，正在洗澡的王海听到小丽一声尖叫，声音不大，接着好像是小丽摔倒在地毯上的声音。王海赶紧从浴缸里站起来，披上浴衣，想走到大门口看个究竟，不料门已经关上了，两个男人堵住了门口，前面一个套着长统袜似的面罩，拿着一支短筒猎枪，后面一个也戴着面罩，手里攥着一把寒光闪闪的匕首。

"怎么回事？你们是谁？"王海弯下腰想扶起小丽。

"别动！"拿猎枪的人喝道，他的话音严厉，容不得王海反抗，

"你就是王海,对吗?"

听他叫出了自己的名字,王海不由打了个冷颤:这是抢劫,有预谋的抢劫!他们跟踪我,又一直找到小丽这里。一瞬间,各种念头一齐涌进王海的脑子:难道是生意上的哪个对手雇人来杀我?不会,自己做的又不是黑吃黑的生意,没跟谁结下血海深仇呀!

"是的,我是王海。"王海强装镇定,"你们要干什么?我什么都没有!"

"闭嘴!"旁边拿匕首的家伙掏出一个皮下注射用的针筒,管子里面已经吸满了药液,"放心,这不是毒药,只会让你迷糊一会,老老实实跟我们走。另外,告诉这位女士,千万别打电话给公安局。你大概也不希望这件事出现在报纸上吧?别忘了,现在你可是在你情妇家里!"

正说着,针头扎穿衣服,捅进王海的胳膊里,王海没有挣扎。渐渐地,注射的药物开始起作用了,王海转向小丽:"我很快就回来……别报告公安。"

"海哥!"小丽惊恐万状,瘫坐在地毯上……

他们让王海把衣服穿好,拿出一副不知从哪里搞来的手铐,把王海的双手铐上,又用一块布蒙住了王海的眼睛,带他从后门溜出去,上了一辆早等在那儿的轿车。

王海坐在后排座上,拿猎枪的人坐到王海旁边。被戴上眼罩以后,王海什么也看不见了,估计车子开了大约半个钟头,但是药劲儿发作,弄得他迷迷糊糊,也许是一个钟头,他根本就不可能判断时间和方向……

终于,车停了,他们领着王海进了一幢楼房。王海仔细听脚步声,但什么也辨别不出来。最后,大概被带进了一间普通的房子,也只能这么想了,因为地板光光的,没有铺地毯,似乎也没有床。

药力渐渐消散,王海忍不住说:"各位朋友,我手上这只钻石戒指值一万多,给你们,还有我的表和钱包,放我走吧。"

"王老板,你太小气了,别当我们不知道,这些年你倒腾建材,闹得脑满肠肥的。呆会儿我们就往省城打电话,把我们的条件告诉你老婆。"

"你们要多少?我又不是百万富翁!"

"50万!"

"50万?"王海虽说现在已经不是穷光蛋,可一听到这么大一笔款子,也禁不住心口直跳。

正惊愕间,忽听有人开始拨电话,通了以后,话筒塞到了王海手里,里面传出他妻子江雪的声音:"喂,谁呀?"

王海尽量让声音保持平静:"是我,王海!你别怕,我被绑架了。"

"什么?"

"镇静一点,雪,照他们说的做,我就没事。记住,千万别通知公安局。"

电话里的声音带着明显的哭腔:"他们要把你怎么样?"

"他们要50万,明天你带钱到洛城来,他们会告诉你怎么交钱。"

有人从王海手里接过话筒,然后用清晰的话声,交待了整个安排:"我只说一遍,王夫人,你听了……明天,你六点半左右赶到洛城,在长途汽车站大门对面,有一个垃圾站,你用袋子把钱装好,包在旧报纸里,丢到垃圾站从左边数第三个垃圾桶里。记住,不能东张西望,放了钱马上离开,搭七点钟的车回家。"

"这么短的时间,我到哪儿弄这么多现钱?"

"那我们不管!"

电话挂断了。他们又给王海捅了一针,在地上随便丢了条毯子让他睡觉,由于是麻醉药的作用,王海睡得很沉,早晨醒来,他们给了他半杯凉开水，一个馒头。

周围的情况王海一无所知，只能大概猜出这里八成跟枫丹花园一样幽静，因为听不到一丝嘈杂声，只有"叽叽喳喳"的鸟叫从窗口传来。

王海知道屋里有人在监视他，就是那个拿着匕首不言不语的家伙。王海暗中摸了摸墙壁，很想留下一点以后能够辨认出来的痕迹，但墙壁油漆得十分光滑，污点一定很容易被他们发现，也很容易被擦掉。

王海手里只有一只装水的玻璃杯。玻璃杯口很小，杯壁上刻着花纹。王海估计绑匪多半不会把这个杯子扔掉，这是能够留下记号的唯一机会了。王海等着，直到听见监视他的那家伙走出屋门，乘着这短暂的片刻时间，王海一口把水喝干，翻过杯子，用钻石戒指在杯底上刻上了自己名字的两个起首字母：WH。王海只能摸出一点粗糙的痕迹，可能刻得不够清楚，也可能刻得太显眼，他们立刻就会发现，把它扔掉，但不管怎样，这是唯一的机会了。

早饭后，绑匪又给王海打了一针，整个白天他都迷迷糊糊，时醒时睡，眼睛被蒙着，根本不知道白天黑夜。一次醒来后，王海大声问几点啦，拿猎枪的人走进屋子，说是天快黑了，他的弟兄已经去拿钱了，他在等消息。"希望老天长眼，那儿没有公安。"拿猎枪的人发出了令人毛骨悚然的冷笑……

终于，王海听到寓所的门开了，两个人走了进来，接着是低低的交谈声。王海的呼吸急促起来，知道每时每刻都有可能射来一发子弹，或者是被注射一针毒药，从此再也醒不来。一瞬间，他想起了小丽，想到她倒在地上瘫成一团的样子，真是揪心的痛；还有江雪，她把钱带来了吗？她真的会关心我的死活吗？她要是怀疑我有外遇而生怨恨之心，正好可以借机甩掉我，做一个有钱的寡妇。

有人走进了屋子，是拿猎枪、爱说话的那一个，他对王海说："今天算你走运，你老婆把赎金带来了。"

"那我可以走了？"

"等天黑了，我们就带你出去，找个合适的地方丢下你。别害怕，我们拿了钱绝不撕票。"

时间一分一秒过去，王海只觉得慢得像一个月、一年那样揪心。吃完饭，王海被领着上了车，他们带着他行驶了大半个钟头，至少他感觉有这么久。汽车在路边停下，王海被推出车外，当他使劲扯下眼罩，汽车早已看不见了。这是南城的某个地方，靠近江边公路，可王海弄不清楚准确的位置。

王海戴着手铐，在夜色里一步一摇地往前走，在一个拐角处，他看到一个电话亭，就给小丽拨了个电话。

话筒里传来了小丽急不可待而又欣喜若狂的欢叫声："天哪，海哥，你在哪儿？昨晚我都快疯了！"

"他们把我放了，我没事。对，我老婆送来了赎金……以后我再跟你慢慢说。喂，立刻给公安局打个电话，告诉他们我在……"王海借着路灯看了看路标，"南城路119号前面的电话亭边。"

王海靠在电话亭边等着，毫不理会路人惊奇的目光，直到警车来到……

王海对赶来的警察说，他是走访顾客时遭到绑架的。后来，小丽接受了记者的采访，报纸登出了事情的经过。回到省里，江雪向王海问起小丽，她肯定有怀疑，可没有深究。王海太累了，躲了起来。

几个星期之后，王海又要去洛城办事，临走前，江雪终于沉不住气，暗示王海其实她了解他和小丽的关系："又去那儿？这次最好离那位顾客远一点。"

这怎么可能呢？

王海又回到了枫丹花园,又回到小丽的怀抱里,唯一不同的是,这次他请了两个保镖。

"真高兴你回来,"小丽说着,轻轻地吻着王海,"我觉得那是我一生中最糟糕的两天,不知你在哪儿,又不敢报警……"

"那两天我也一样难熬啊……"王海说这话时,心里第一次冒出了这样的念头:我为什么不离开江雪,娶小丽为妻呢?

"想什么呢,海哥?"

"想我们。"

小丽拍着王海的肩膀说:"别去想它了。来,到床上来,我给你按摩按摩。"

过了一会儿,王海觉得口渴,起身上厨房找了杯水喝。喝完水,正要把玻璃杯放进壁橱,无意中却看到杯底有几道粗糙的划痕:WH。

王海惊呆了……

（乔　力）

（题图:刘斌昆）

别抢饭碗

李家屯的青年李福生,好吃懒做,总是梦想着能够轻松发财,这一天他终于找到了路子——阉猪,你瞧,张家村的张独,他瞎了一只眼,是个独眼龙,居然靠"阉猪"买回了铃木王摩托。

为了学会这活儿,福生偷看张独操作了几次,只见他划开母猪的肚皮,找到猪的那段花花肠子,割掉便完事了,比喝白开水还要简单。这么一看,福生便更加跃跃欲试。

几天之后,福生踩着单车来到一个叫"桃乡"的小村庄,他拿出一面铜锣,边敲边喊:"阉猪,张家村张独师傅阉猪啰……"

一会儿,颤颤巍巍地来了一个老太太,她迟疑地问:"听说张师傅只有……咳……咳,你不是吧?"

福生欺她年迈,笑道:"我阉猪发了点财,花大价钱把坏眼治好了。"

老太太这下放心了,乐颠颠地把福生领进家里,说:"总算把你盼来了,我那小母猪快发情了,再不阉,这畜生想公猪想得快掉膘了。"

福生听罢,捋袖跳进猪圈里,抓住母猪一前一后两条腿一扳,把它扳在地上,再用膝盖紧紧地压住它的腹部,然后抽出刀来……

这时候,冷不防一个念头在福生心头一闪,他禁不住打了一个寒噤:桃乡村的民风强悍,历来有仇必报,是方圆百十里内的"霸王村"。自己这一刀下去,用力重了极可能划破肠子,轻了必须补割,补割后更易划破肠子。猪一死,村民们会放过自己吗?

正在福生愣神的当儿,母猪往上一蹦,腹部竟被尖刀划破了一道口子。说来也真巧,这口子正对着阉割的位置,开得不深不浅、不宽不窄,既能看清猪腹腔里的情况,又不伤着肠子。福生大喜,三下两下找到猪的卵巢,一刀割断……

突然,母猪撕心裂肺似的惨叫起来,身体剧烈地抽搐着,腹腔口鲜血直流。原来,福生刚才心头一乐,一时大意,眼睛发花,错把普通的肠子当成卵巢割了,顿时,他的脑袋"嗡"地一响,脸色煞白。

老太太察觉到了不妙:"咋的了? 咋的了?"她一边说着,一边抖抖索索地想要爬进猪圈里来。

福生一横心,装出轻松的样子说:"行了,打盆水来给我洗手吧!"

老太太信以为真,高兴地走开了,福生急忙跳出猪圈,"叭"地把那段肠子扔到远处的房顶上,跨上单车落荒而逃。老太太打了水出来,一看,人都没影了,再一瞧,圈里的猪倒在地上,鲜血直淌,看样子快没气了,她立刻号啕大哭起来:"他阉死了我的猪,抓住他呀……"

村民们听到喊声，纷纷冲出家门，前追后堵，抓住了福生，围住他又踢又打……

突然，人群中有人说："这家伙骗钱害人，干脆阉掉算了。我这里有一个药剂，用了包管他裆里的那家伙半天发痒，半天胀痛，一天报废……"

冤家路窄，说话的正是被福生冒名的单眼张独，他也正巧到桃乡村来阉猪，狭路相逢，见福生坏他的名声，岂肯罢休？福生知道这下麻烦大了，连忙认错求饶，张独毫不理会，叫人反剪了福生的双臂，把一撮白色的粉末倒进了他的裤裆里，顿时，福生的下身麻辣辣地奇痒起来……

人们见福生恶有所报，"哄"地散开了。

这时，张独叫人松了福生的双手，让他回家。福生忍不住伸手去抓裆里，不料越抓越痒，连大腿两侧也被感染了，他难受得"啊啊"乱叫，一瘸一瘸地推着单车回家，一路上，他想：往后，我还能娶老婆吗？我还怎么见人呢？

到家已是夜半三更，父母见福生鼻青脸肿的样子，追问原因，福生只好遮遮掩掩地说出了经过。

"这不是要我们绝后吗？"两位老人大吃一惊，不顾家丑外扬，挨家挨户地去拍门，央求叔伯兄弟们前来相救，一时间整个村子都被惊动了。

大家商量了半天，认为解铃还须系铃人，福生的伤只有张独才能治好。时间紧迫，为了防止张独推卸责任，大家操刀拿棍地扑向了张家村。

双方一碰面，张独对福生那帮虎视眈眈的亲戚连正眼都没瞧一下，而是嬉皮笑脸地奚落福生："年轻人，你的'小弟'没有胀痛吧？"

"我灭了你的亮眼！"福生一跳三丈高，竖起中指便想戳过去，就在这瞬息之间，福生却突然感到下体除了有点酸痒之外，却没有一点别的异常,不由乍惊乍喜,呆住了。

"年轻人,我救了你呢!"张独得意地说,"桃乡村民风强悍,惹怒了他们必遭重残,所以我刮了一些盖房用的石棉瓦粉放进了你的裤裆,让你又痒又跳地骗过了他们。石棉瓦粉放到人身上虽然痒得要命,还会蔓延感染,但是经水一洗便舒坦了。放心吧,你往后不会进不了洞房的,哈哈……"

原来如此,大家的神经顿时松弛下来,都向张独握手致谢,纷纷埋怨福生做事荒唐出格,活该!

福生满怀委屈:这独眼龙分明是在恼恨我冒充他的名头,抢了他的饭碗呀,否则趁早说明,何至于闹得现在尽人皆知? 真是"给人一颗糖,打人一巴掌"呀!

（黄耀珠）

（**题图**:杨宏富）

你的软肋在哪里

　　新调来的市长尤刚上任不久,就深得老百姓拥护。他为人处世原则性极强,既不搞腐败,也不怕恐吓,老百姓都说他是个"蒸不烂、煮不熟、炒不爆"的"铜豌豆"。可这铜豌豆的心也是肉长的,就真的没有一根软肋?

　　这天,尤刚接到一个陌生人的电话,说是晚上七点,有个他感兴趣的老朋友在"景阳岗"酒楼"忆江南"包房等他,不见不散,那人说完就挂断了电话。尤刚本不想理睬,可又觉得电话里说的"感兴趣的老朋友"有几分神秘,正巧晚上没事,他决定只身前往,探个究竟。

　　晚上七点整,尤刚准时踏进景阳岗,推开忆江南包房门,果然看到一张堆满笑容的面孔。此人尤刚认得,是"可通天"建筑工程公司的经理何必,最近为了争一个大工程,这个何必使了不少手段,硬是被尤刚顶了回去。眼下招标会马上就要开了,莫非他又想出什么新花招来?想到此,尤刚转身就想走,却被何必拦住了。

"尤市长,您别误会,我说的老朋友,可不是我,我哪敢说是您的老朋友啊?他人还没到,您还是等会吧!"

尤刚一字一句地说:"何经理,我在这个城市没什么老朋友。给你说句交底的话,以后,你的心思别用在酒桌上,你这样做不是让人对你的企业更多了几分疑心?招标会马上就要开了,你的十八般武艺还是拿到那儿去亮亮吧!我告辞了。"说罢,转身就要走。

正在这时,门被推开了,走进来一个女人。尤刚抬头一看,愣住了,他做梦也没想到,会在这里见到这个女人。她是谁?尤刚学生时代的恋人,小梅!

只见小梅一袭紫色秋裙打扮,透着成熟女性的矜持,尤刚一眼望去,马上就看到了她右颈上那颗小小的黑痣,居然还是那样迷人。尤刚脑子里有点乱,他定定神,问道:"小梅,你不是在南方吗,怎么会来这里?"

小梅很镇定地冲着尤刚笑了笑,说:"我刚刚离婚,心情不太好,在电视上看到你,知道你在这里,就让我表哥帮我约你出来,想和你见见面。"

"表哥?"尤刚看了看何必,"他是你表哥?"

没等小梅开口,何必就凑上来说:"尤市长,小梅的确是我表妹。不过您放心,今天我就只是个中间人,你们俩慢慢谈,我先走了。"说罢,一溜小跑出了包房。

在尤刚的心里,他和小梅有一段不为人知的秘密。那时候,他暗恋小梅,却没有勇气表达,每次上自选课,他都要想办法坐在小梅的右边,为的就是看看她右颈上那颗小小的黑痣,那黑痣隐在散发着淡香气味的发丝下,是对白皙肤色的一种绝好的映衬……有时候,他真想去抚摸或是亲吻一下那颗他眼睛里的美人痣。可惜的是,毕业以后小梅就嫁到了南方,这个秘密就永远深埋在他的心里。十几年过去了,今天他一见到小梅,眼光立刻落到了她那颗美人痣上,不管他怎么控制自己,最敏感的神经还是被牵动了一下。

看尤刚愣在那里,小梅倒很大方地请他坐下,两人于是就聊了起来。

小梅向尤刚说了自己这些年不幸的婚姻生活,尤刚问她:"那你以后准备怎么办?"

小梅无奈地说:"还能怎么办?碰不到合适的人,只好自己过。"

不知为什么,尤刚就是控制不住地要去看小梅颈上的那颗痣,他的眼光引起了小梅的注意,小梅把衣领向上翻了翻,尤刚赶紧不好意思地移走了他的目光。

坐了一会儿,小梅说要走了,尤刚心里有点空落落的,他开玩笑似的问道:"你难道不想为你表哥的事说几句?"

小梅笑着说:"我们是老同学了,我知道你的个性。说实话,这次来,表哥一直说让我加入他的公司,我知道他想把一个大工程弄到手,但我不能加入,尤其是现在,最近我也不想再和你见面了,等一个月后你们公开招标会见了分晓,我们再见吧。"小梅说着就站了起来,从随手带着的小坤包里取出一个漂亮的玫瑰色盒子,递给尤刚说:"这是一样小礼物,送给你留个纪念!"

尤刚下意识地伸出手,可中途又停住了。

小梅似乎猜到了他的心思,轻轻地说:"这不是钻石,也不是糖衣炮弹,绝不烫手。不过,你还是回去以后再打开吧。"临走的时候,小梅执意不肯留下联系方式,说等招标结束以后一定会再来找他。

回到家里,尤刚立刻打开小梅送他的那个盒子,他惊呆了:镶嵌在盒壁上的,是一张精巧的黑白照片,正是十几年前他偷看小梅颈上那颗痣的一瞬间,不知情的人会以为他正在看小梅的脖颈深处。尤刚脑子"嗡"地一下,他闹不清是哪个搞恶作剧的同学记录下了这一幕,更不明白小梅怎么会珍藏至今?难道她当时就对自己……

尤刚小心地将盒壁上的照片取下来,发现照片背后还有一行都快变色的隽秀小字:偷窥者,你为什么不敢正面看一看?尽管过了十几年,尤刚仍能一眼认出这是小梅秀丽的字体,尤刚的心跳加快了,全身热血膨胀:莫非当初他这个不起眼的男生曾令她心动过?

尤刚握着照片躺在床上,一夜未眠。

第二天天刚亮,尤刚就给"可通天"公司经理何必打去电话,说他今天一定要再见见小梅。电话那头的何必哈哈一笑,说小梅已经走了,他刚送她上了飞机。

尤刚沉默了。

何必没有放下电话,过了一会,他小心翼翼地对尤刚开口道:"……要是尤市长惦记着小梅,一个月后,我一定亲自把小梅送来。"

尤刚没作声,好一会,他向何必问了小梅的手机号码,然后就默默地把电话挂了。

接下来的几天,尤刚觉得自己做事情越来越心神不定。这天夜里,他犹豫许久,还是按捺不住地按下了小梅的手机号码:"小梅,你……你能再来一次吗?"

"尤市长,不,尤刚,等招标会结束,我一定来。"小梅的声音总是那么富有韵味。

"不,你现在就来,我再不想等了。"

"为什么呢?"

"我见到你送我的那张照片后,我……我不能再等了!"

"十几年前你就该这么说了,这句话我等得太久了!"

两天后的晚上,小梅又一次推开了景阳岗酒楼忆江南包房的门,她穿着高领外套,略施薄粉,光彩照人。包房的空气里弥漫着淡淡的脂粉气,尤刚从椅子上站起来,忍不住一把拥住小梅,当他蹭开小梅的外套高领,想要去吻她颈上的那颗黑痣的时候,尤刚突然停住了,他发现那颗撩他心魂的美人痣不见了!

尤刚的激情瞬间被浇灭了,他松开双手,呆呆地站着。

小梅像是意识到了,解释说:"我脖子上原来是有颗黑痣,你一直喜欢看我的脖子,一定觉得它很碍眼,所以这次我专门做了激光手术,把那颗黑痣去掉。尤刚,只要你喜欢……"小梅转过身来,想拥抱尤刚,可没想到在这一刹那,从她的手提包里掉下一样东西,是一只玫瑰色的盒子,和上次她送尤刚的那只一模一样。

尤刚抢先捡了起来,小梅想阻拦已经晚了。

尤刚打开一看,立刻目瞪口呆:盒子里面也镶嵌了一张照片,是他前两天在这个包房里偷看小梅颈脖的那个瞬间。尤刚一下子清醒了,立刻觉得不寒而栗,也许越过了今天这个"雷池",明天他收到的就不仅仅是一张"偷窥者"的照片了!

尤刚伤心又愤怒地说:"你不是十几年前的小梅,你是专程来害我的?"

小梅的脸上升起一股淡淡的红潮,她尽力显出平静的神情,说:"本来,我想等我们完事后,再送给你这个盒子,既然你提前看到了,我只想请你别怨我。是的,我不是十几年前的小梅,可你也不是十几年前的尤刚,你当了官,难免会挡住一些人的生财之路,何必他能找到你以前的照片,还从照片上获得灵感,并且能找到我,也算他有本事。这个社会,就是这样,你又为什么要这么较真呢?"

"这么说,何必是蓄谋已久的? 他找到了我的软肋,你也根本不是他的表妹?"

"我们只是合作关系。说白了,人人都有软肋,工程拿下了,人人都有肉吃。"

尤刚早已冷静下来,静静地听着小梅的话。他一字一顿地说:"好,咱们言归正传。这'景阳岗'就是打虎的地方,你说以前的这些照片,加上今天录下的这个场景,是送给纪委呢,还是现在咱就把工程的事情定下来,照片你拿去做纪念?"

尤刚站起来,倒了杯水递给小梅,然后自己不停地在包房里来回踱步。

小梅看到尤刚这样子,说:"你不一定要立刻做决定,我们可以在这里多坐一会,时间还早呢。"

"随你送给谁!"尤刚终于停下了脚步,开口道,"我承认作为男人,我不是坐怀不乱的柳下惠,作为人,我也有软肋。但作为一市之长,我就是颗硌牙的铜豌豆! 要感谢你把那个美丽的痣去掉了,让我没有滑得更远!"

(吴相阳)

(题图:黄　勇)

我要杀掉你的狗

　　傍晚时分,有个叫冯成的中年汉子,牵着他的看家狗"金钱豹"出去遛弯。广场上的人很多,看到他来了,纷纷让开一条路,不是怕他,而是金钱豹长得太凶了,两只铃铛大的眼睛寒光闪闪,令人不寒而栗。

　　只听人群中有人说:"这人真是,怎么把狗带这儿来了。"狗怎么就不能带这儿来?冯成转过头刚要发火,那金钱豹突然狂吠起来,刚才说话那人吓了一跳,连连往后退了几步。冯成发现说话的这个男人三十岁左右年纪,看上去身上的一套行头价值不菲,身边还有个人,像是跟班的。对方看上去有点来头,冯成把到嘴边的话咽了下去,伸手拍拍金钱豹,让它安静下来。

　　金钱豹是一条有灵性的狗。三年前,冯成一次酒后过马路,一辆超速车直冲他撞来,他却浑然不知,还懵懵懂懂往前走,跟在后面的金钱豹一跃而起,将冯成撞出几米远。要不是金钱豹,那次冯成的小命也就丢了。所以在冯成的眼里,金钱豹可不是一条普通的宠物狗,它救过自己的命啊!

冯成沉着脸说:"把狗带这儿怎么了?有法律规定不让往这带吗?"

男人气愤地看着他,说:"你的狗差点吓死我,我可是有心脏病的。你都这么大岁数了,怎么还这么不讲理?"

冯成最烦人说他岁数大,虽然他已经五十了,可看上去就像四十岁一样,他还想再找个年轻的伴侣呢。他冷笑道:"我的狗分得清好人、坏人,谁让你说它坏话了?"

男人看了冯成一会儿,突然恶狠狠地说:"好好好,我不说它坏话,我要把它送进狗肉馆,让人抽筋扒皮吃它的肉,看它还分不分得清好人、坏人。"

冯成一听,忍不住哈哈大笑起来:"你不是说梦话吧?这是我的狗,你说怎样就怎样啊?"

谁知男人也跟着冯成笑,笑够了,说:"你开个价,我要把它买下来。"

原来他打的是这样的算盘,冯成明白了,斩钉截铁地说:"不卖,你死了这条心吧!"

男人好像不死心,说:"这条狗不过是条普通的狼狗,我出两千块。"

冯成吓了一跳,两千块?这条狗最多只值五六百,难道为要出口气就出两千块?他马上意识到了自己的失态,便昂然说:"我不缺钱,留着这钱你自己用吧!"说完,还觉得不过瘾,伸手从脖子下面抻出一条粗大的金项链,说:"看到没?这条项链就值五千。还有这表,知道多少钱吗?说出来吓死你。"

冯成穷了一辈子,不过生了个儿子挺争气,大学毕业后自己开公司,知道老爹在乎脸面,所以把年过半百的冯成打点得跟个大款似的。现在,冯成终于有机会把这一切拿出来炫耀一番了。

可男人似乎不怎么领会他这一套。男人蓦地放声大笑起来:"看来你真不缺钱,那这样吧,我出五千块,你卖不卖这狗?"

冯成心里一哆嗦:这人是不是疯了? 五千块,够自己挣一年的了! 他仔细打量男人,见他正不屑地看着自己,跟在他旁边的那个人不说话,伸手从皮包里拿出一沓钱,在手上拍着,一副看热闹的样子。冯成觉得自尊心受挫了,大声说:"五千也不卖,这条狗不但看家护院,还救过我的命呢。再说了,我老伴死后,它就是我亲人,想扒它的皮,先扒我的皮吧!"

"救过你的命?"男人探询地打量了一眼金钱豹,"怪不得你对它这么好呢! 那可真不能出价太低了——我给你一万。"

冯成觉得挺不住了:一万啊,自己会有什么损失? 不过是一条狗罢了,就算它救过自己的命,又怎么样? 它还不是一条狗? 再说,儿子给自己买的楼就要装修完毕,搬到那之后,这狗往哪儿放啊? 装修好的屋子还不被它搞得乱七八糟? 想到这儿,冯成心里不觉激烈地思量起来。

终于,一万块钱的诱惑大过了对金钱豹的感情,冯成问男人:"你不是开玩笑吧? 你真肯出一万块买它?"

男人还没开口,他旁边那个跟班模样的人说:"这是我们吴老板,吴老板有千万身价,会在乎这区区一万块钱吗?"

"成交。"冯成一拍大腿,"你付钱,然后就可以带着它走了。"

见冯成终于出卖了金钱豹,男人好像觉得很无聊,他瞟了冯成一眼,转身就走。跟班的笑嘻嘻地数出一万块钱交给冯成,冯成小心翼翼地揣好,然后摸着金钱豹的头,指着男人说:"跟他走吧,对不住你了。"

金钱豹好像听懂了冯成的话似的,依依不舍地叫了几声,就乖乖地跟着那人走了。冯成虽说心里有点失落,但还是兴冲冲地去买了一大堆熟食,捧回家自斟自饮起来,喝得差不多了,往床上一倒,带着发财的兴奋进入了梦乡……

他再醒来时,外面已经日上三竿。他只觉得头痛欲裂,不由心里嘀咕起来:昨晚酒并没有喝多,怎么身子这么难受? 他勉强坐起身子,抬眼看时,吃了一惊,这才发现家里一片狼藉:儿子孝敬他的大彩电不见了! 放在桌上的那一万块钱不见了! 甚至还有玻璃橱柜里的茅台和五粮液,也不见了……再摸摸自己脖子,哪里还有那条五千块项链的影子!

冯成不笨,马上想明白了是怎么回事:什么狗屁老板,明明是两个贼,想偷他的东西,但是金钱豹太厉害,而且从来不吃别人给的东西,想毒死它都不可能,所以他们设了个买狗的圈套让自己钻。没了金钱豹的保护,他们轻易地就用什么东西熏倒了自己,然后从容进屋,想拿什么就拿什么。

冯成不禁放声大哭起来:自己怎么就不如金钱豹哇? 金钱豹忠诚、可靠,危险时刻奋力救自己的命,可自己竟然为了区区一万块钱,就把它给卖了……

他真希望那两个贼能够可怜他,放过他的金钱豹!

（唐雪嫣）

（题图:魏忠善）

干件大事

　　杰克是"郁金香"擦鞋铺的伙计,这天,老板不在,店里就他一个人。

　　傍晚,店铺要关门的时候,突然来了个顾客,杰克见他黑衣黑裤一身黑打扮,觉得有些面熟,可一时想不起来是谁。

　　杰克正要请他就座,黑衣人自己已先找了个位子坐下来,把脚朝杰克面前一伸,大大咧咧地问道:"伙计,一天挣多少钱?"

　　杰克觉得黑衣人是在嘲笑自己,心里很不舒服,所以就没吱声。

　　黑衣人炫耀地说:"哈哈,没几个钱吧? 告诉你,我在你这么大的时候,就能挣很多很多钱啦! 想知道奥秘吗?"他说这话的时候,一双眼睛很不老实地在店铺里东张张、西望望。

杰克听黑衣人说这话的口气,心里更憋气,就更不想搭理他,低着头,手里在替他擦鞋,脑子里却拼命在想:这个人是谁?到底是谁?

他想啊想啊,终于想起来了:不久以前曾经在街上见过这个人的照片,三个州的警察都在通缉他,是个大诈骗犯!

一想到自己是在替通缉犯擦鞋,杰克不由惊出一身冷汗。

这时候,只听黑衣人还在对他喋喋不休:"年纪轻轻的只会擦皮鞋,哼,甭想有出息。伙计,你做事得有想象力!怎么样,要不要我来教教你?"

杰克不吱声,但明显加快了擦鞋的速度,他想赶紧把这家伙对付过去,让他快点走人。

杰克不说话,黑衣人还以为他是怕难为情,于是就倚老卖老地说:"我16岁那年,一次就挣了2500美元。知道我是怎么挣来的吗……"

"2500美元?"这话让杰克心里一动,不由抬头看了黑衣人一眼。杰克记得,当时那张通缉令上说过,如果帮助警方抓到这个大诈骗犯,可以得到一大笔奖金。

杰克脱口附和黑衣人道:"你真能干!"可自己该怎么办呢?用装鞋油的罐子打他吗? 不行,自己根本不是他的对手,这种人只要一拳头就准能把自己揍扁。唉,现在要是有人来,该多好!杰克不由自主地朝门外瞥了一眼。

那黑衣人呢,见杰克夸他,便越说越来劲:"……告诉你,除了想象力,你还得有勇气,有了勇气,就能抓住机会,哪怕有鞋带那么一点本钱,也能干大事……"

黑衣人说得唾沫四溅,杰克一边听着,一边又下意识地朝门外瞥了一眼,忽然,他发现有个警官正从街对面向这边走来。黑衣人好像也看见了,突然,话就说不利索了:"行……行了,伙……我……要走……"

他话音未落,杰克突然大喊一声:"快来呀,警官,这人是个通缉犯!"

"住口!"黑衣人一跃而起,可是他还没来得及把手枪从口袋里掏出来,只听"啪"的一声,人已经重重地摔倒在地上。

警官猛扑上来,把黑衣人擒了个结实。"小鬼,你干得真聪明!"警官朝杰克竖起了大拇指,"知道吗? 你可以得到7500美元的奖励。"

"真的有这么多奖金?"杰克腼腆地笑了,"嘿,其实那不是我的主意,是这家伙教我的。他对我说,要是有了勇气和想象力,就是有鞋带这么一点儿本钱,都能干大事。我瞥见你过来,就赶快把他的两根鞋带系在了一起……"

(李 华 编译)

(题图:佐 夫)

智 巧 设 局

你知道才能是什么？那就是勇敢、开阔的思路、远大的眼光。他种下一棵树，就已经看见了千百年后的结果……

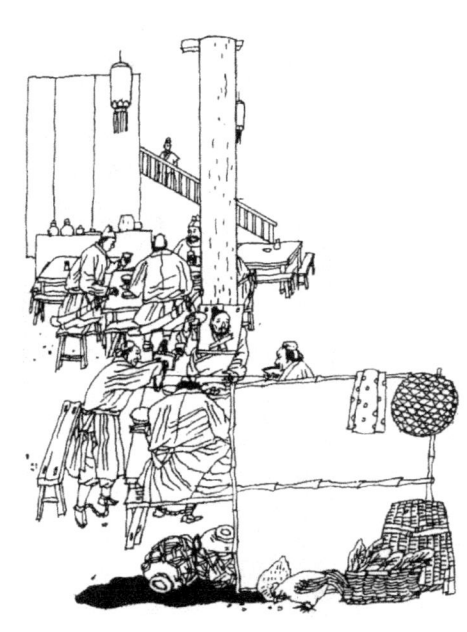

　　淮安城北官道旁有家单开间门面的小酒店，老板叫章秋，四十开外年纪，长得黑不溜秋的，面相敦厚和善，是个老实本分的生意人。酒店生意清淡，寻常日子里，他下厨掌勺，老婆范三娘当垆卖酒，另外还雇了个十六七岁的小伙计招呼客人。夫妻俩起早摸黑、忙里忙外，可日子还是过得紧巴巴的。

　　这一天，恰逢五月端午节，太阳当午，邻近的几家店铺都已纷纷关门打烊，忙过节去了，只有章秋的小酒店还在敞门迎客。章秋让小伙计守着店门，自己则在厨下烧鱼烩肉，准备一家老少和和美美过个端午节。

　　正在这时，店里突然闯来了一伙不速之客，原来是省里臬司衙门的几个衙役，押着五个刚刚捕获的江洋大盗路过此地，进店歇脚吃饭来了。

衙役们一进店堂,就把桌子拍得"嘭嘭"响,直着嗓子大吼大叫:"快拿上好的酒菜来,爷们饿坏了!"

小伙计生性胆小,见这阵势早吓坏了,连忙推说酒已卖完,想打发这伙人尽快离开。谁知衙役们一听没酒,顿时翻了脸,拍桌子打板凳,还嚷嚷要砸了这家酒店。

章秋听到吵嚷声,连忙走了出来,一见店堂里这情景,心中便明白了八九分。前几天就听说城里到处贴着告示,衙门通缉五个江洋大盗,可按老百姓的话说,其实都是专盗豪门富宅不义之财的江湖义士,看来今天衙门是得手了。这五个义士还不知道会落得个什么下场,趁着今天这个机会,好好犒劳他们一顿吧!

想到这里,章秋便笑着对衙役们说:"诸位大哥一路风尘,也够辛苦的了,今天正好是端午节,若不嫌小店寒碜,我已备了几味酒菜,足可让大伙开怀畅饮一番的了。"

说罢,他命小伙计出来炖酒,又让老婆范三娘把准备自己吃的菜肴全搬了出来,摆了满满一桌,香味扑鼻。

衙役们和那五个囚犯一见,立刻像饿狼一般扑了上去,一时间,大碗喝酒,大块吃肉,只瞬间工夫,便把一桌子酒菜吃得点滴不剩。

吃饱喝足以后,五个囚犯个个喜形于色,记下了主人的名字,只是谁也没说声谢。坐不多久,衙役们便又催起程,押着这伙犯人南下往苏州方向去了。

谁知到了这年秋上,一天,店里突然来了三个公差模样的人,一进门便问:"谁是店主章秋?"

章秋连忙应声回答:"在下便是。"

此刻,只听"哐啷"一声,一条铁链套到了他的脖子上,当头的一位公差说:"章秋,你的事犯了,跟我们走一趟吧!"

章秋见无端遭此横祸，真是魂飞魄散，一旁的范三娘更是吓得大哭起来。

章秋被这班虎狼公差押到淮安府大堂，方知有人在省臬司衙门受审时一口咬定他是窝家，现在省里行文命人把他星夜押去苏州对质。

章秋披枷行了数日，这天被押到苏州臬司衙门时已是深夜子时，当即被关进了大牢。

大牢里一灯如豆，光线黯淡，章秋只知同牢还有几名犯人，却无法辨认面目。到了下半夜，章秋正在蒙眬入睡之际，忽听耳畔有人在叫他的名字，听口音有点熟，却又想不起是谁，所以他一时不敢吱声。

半晌，那人又在叫他："章君，章老板！"

章秋这才回答："在下正是章秋，但不知老兄是谁？"

那人道："还记得今年端午节吗……"

章秋这才恍然大悟，原来陷他囹圄的竟是这五个江洋大盗。他深深地叹口气道："在下与诸位大哥无冤无仇，不知何故要陷害于我？"

只听那人轻轻回道："把你请到这里来会面，是咱们五个弟兄的主意，但绝不是恩将仇报，陷害大哥。明天过堂，你自然就会明白的。"

原来说话的是盗首，名叫林黑儿。

林黑儿悄悄对章秋说："咱们弟兄五个此次被官府所擒，决无生还的希望。你我虽然素昧平生，可你对咱们弟兄却有一顿饭之恩，也是咱们遇上的一个真正的好人。来日待你洗冤出狱以后，只要不忘在兄弟们的坟头祭上一杯浊酒，咱们也可含笑九泉了。"

说话间，窗外晨曦初露，牢房里逐渐透亮起来，章秋和五个弟兄这才彼此辨清面目，一时竟如故友重逢一般悲喜交加。

这时,林黑儿脱下贴身穿的一件脏兮兮的黑夹衫,交给章秋道:"夹袄里藏有东西,千万不可丢掉。还有,在你家对面的乱葬岗子里有株枯白杨,枝桠上盘了个大喜鹊窠,你可趁深夜无人之际去树下掘取,必有所得!"

不久,便有衙役提林黑儿等五人出庭受审,旋即,又有人来押章秋到庭。章秋本是个老实巴交的小生意人,哪里经历过臬司大堂的威严,一到那儿,两腿便早已筛糠一般战栗不已。

在大堂上,林黑儿对着章秋一阵放声大笑,然后又恶狠狠地骂道:"狗奴才,还认识你林大爷吗? 那回你若能以好酒好菜待咱们弟兄,何止会落得今天这步田地?"

接着,他转向臬司大人道:"其实,这位姓章的根本不是咱们窝家,有一日咱们弟兄去取赃,路过淮安城北他开的酒店,去店中索取酒肉,他非但不给,还恶语相加,并用树枝抽打咱们,为此与他结怨成仇,才故意供他是窝家,让他也受一番牢狱之苦。"

臬司大人这才明白错捕了人,便当庭释放了章秋。

不日,林黑儿等五盗果然在闹市口被斩首示众,章秋出钱请人厚葬了这五个兄弟,并亲自祭祀了一番。

回到淮安老家,章秋拆开那件旧夹袄,只见里面塞满了光彩夺目的金叶和晶莹欲滴的珍珠,价值不下万金。章秋又于深夜去乱葬岗的白杨树下挖掘,挖得窖银十余万两,一夜间骤成暴富。

不久,章秋移家苏州,另开店铺,过上了富裕的生活。

(孙庆章 搜集整理)

(题图:俞耀庭)

你有一百万吗

白县有位誉满全城的书法收藏家,叫张得梦,是个五十多岁的中年人,收藏的墨宝不下百件。张得梦平时喜欢广结新朋旧友,加上为人又豪爽,所以家里经常宾朋满座,看过他家墨宝的人不计其数。

但据知情者透露,张得梦手里其实还有一件藏品,可谓他的镇宅之宝,如果要看,除非你拿一百万来押着,看完了再把钱拿回去。消息传开了之后,大家尽管心里痒痒,可上哪儿去弄一百万哪,所以没人敢提及此事。

这天,张得梦刚送走一批朋友,门铃又响了,开门一看,来的竟然是电视里几乎天天上镜头的新县长李爱华。原来李爱华也是一位书法发烧友,自小就痴迷这东西,调到这里当县长后,听说张得梦的大名,就找上门来了。

张得梦不敢怠慢这位父母官,连忙把李爱华请进门,寒暄过后,便主动请他欣赏自己收藏的百件藏品。李爱华看后直呼"过瘾",连连叹说"不虚此行",张得梦只是呵呵地笑着,并不多话。

最后,李爱华见张得梦没有要再挽留自己的意思,犹豫了一下,试探着问:"听说您还有一件镇宅之宝?"

"这个嘛……"张得梦面露难色,吞吞吐吐地说,"李县长既然知道我手里还有一件藏品没拿出来,那么想必也听说过我关于看这件藏品的规矩了吧? 不过,既然李县长开了口,那我……我要不就破一次例?"

李爱华一听张得梦话说得这么勉强,赶紧摇手:"不不不,我不能坏了您的规矩,那就以后再说,以后再说吧!"

张得梦似乎松了一口气。李爱华走时,他握着李爱华的手说:"李县长,你是一县之长,其实要看我这藏品也不难,快则一二年,慢则三五年,我就在家里等着你再次光临!"

李爱华听张得梦这么说,不由心中一愣:我一个挣工资的小县长,就是拼死拼活做一辈子,也攒不出一百万呀! 你这话是什么意思? 他苦笑着摇摇头。登门没能尽兴,这多多少少有点让李爱华不痛快,但回到单位,接踵而来的诸多工作让他很快就把这件事忘到了脑后。

大概过了半年,县里要对城区进行大规模改造,消息一传出,全县大大小小的包工头都立刻活动起来,跑关系走后门,要给自己拉项目。李县长是这个工程的总指挥,于是每天向他示意的人一拨接着一拨,而且他们似乎一夜之间全都激活了身上的艺术细胞,进门时手里必揣墨宝,都表示要来与李县长交流书法艺术。

李爱华的对策也简单,就是来者统统不拒,他只和对方谈书法,谈完,就请他们带墨宝走人。其实,李爱华对书法艺术的鉴赏力非常高,这些人拿进来的东西,他一看就知道哪些值钱哪些不值钱,但他心里更清楚,如果收下这些东西,就和收钱没什么两样,所以拒收的态度非常鲜明。

有个包工头,人称"王胖子",已经找李爱华"交流"过好几次了,因为什么"结果"都没有交流出来,所以这天晚上又找到了李爱华的家里。王胖子其实是个大老粗,早就不耐烦这种玩文雅的方式了,这次索性"真刀真枪"地上,进门就捧出个大纸包,说:"李县长,这回我想请您看看这个!"他"哗啦"一下把纸包打开,里面全是一叠叠捆扎得整整齐齐的钞票。

李爱华的脸顿时就沉了下来:"对不起,我没兴趣谈这个!"

"李县长,您误会了!"王胖子不慌不忙地说,"我是请您去看张得梦镇宅藏品的啊!听说您去过一次,没看成,所以我想把这一百万借给您,您看完之后把钱还给我不就得了?"

李爱华一怔:借钱看字,这倒是个办法呀!他本来已经把这事放下了,现在被王胖子一提,心里不禁又痒了起来。

王胖子一看苗头来了,赶紧趁热打铁说:"李县长,钱留在您这儿,咱们就这么说定了!"说着,拔脚就要走。

李爱华点点头,说:"也好,我看完了就马上把钱还给你,一分都不会少!"

王胖子一听,脸上乐开了花。

望着王胖子乐颠颠的背影,李爱华再瞧一眼他留在桌上的那一大包钱,忽然就感觉不对起来:我去张得梦家的事,他怎么会知道?这会不会是他们串通起来给自己设的套?他一拍脑袋:我怎么这么浑啊!他倒抽一口凉气,拿起桌上的电话就打给王胖子,叫他马上回来。

王胖子还以为李爱华是在张得梦那里出了岔,进门就问:"咋的,李县长,您给张得梦打过电话了?一百万还不能看吗?"

李爱华让王胖子立马把一百万元收起来,然后不由分说把他推出了门："对不起，我没兴趣看张得梦的东西！"

第二天，李爱华起了个大早，径直就去了张得梦的家。张得梦见新县长一大早登门，非常惊讶："想不到李县长这么快就来了？"

李爱华当然听得出张得梦话里的讥讽之意，于是就说："我今天是空手来的。不过，我不是来看您的镇宅之宝，我是特地来告诉您，今后，我不会为这个事来了。"

这话让张得梦颇感意外："为什么？"

李爱华语气沉重地说："一来我不想破您的规矩，我一辈子也凑不足一百万；二来嘛，不少热心人知道我没钱看字，变着法子非要借钱给我，我想让他们死了这条心！"说罢，李爱华转身要走。

"慢！"张得梦突然朗声大笑起来，拉起李爱华的手把他请进了屋。张得梦对李爱华说："其实，我这件藏品最有资格看的，就是你李县长。"

"我？为什么？就因为我是县长？"

张得梦摇摇头。

"那……"李爱华奇怪了，"那是因为什么？"

"因为……"张得梦喃喃道，"因为这幅字是出自你自己的手啊！"

"什么？"李爱华瞪大了眼睛。

张得梦含笑点头，说："当年我是个下乡干部，有一次路过一户山里人家，看到一个八九岁的男孩正趴在炕上练字。我问他为什么不去上学，他告诉我因为家里穷，爹拿不出钱。但我发现这孩子非常聪明好学，小小年纪已经会写很多字了，而且都写得挺不错，于是就把身上的钱和粮票统统掏出来给他，叫他让爹送他去学校。临走的时候，为了鼓励孩子，我说要带一张他写的字回来给城里的孩子看，于是这孩子就挑了一张他认为写得最满意的给了我,这张纸我到现在都保存着!"

张得梦一边说着,一边就小心翼翼地从橱柜里取出一张已经发黄了的旧报纸,在李爱华面前轻轻展了开来。李爱华的心"怦怦"直跳,因为他看到张得梦展开的旧报纸上面,用木炭写着一行字:我要学好本领,长大为人民服务。他愣住了,小时候那刻骨铭心的一幕立刻闪现在眼前。张得梦说的这个小男孩就是他自己啊!而且岂止是当年,后来从读小学开始,一直到大学毕业,李爱华上学一直都是这位好心人资助的。可好心人从不张扬,也从不露面,每次给李爱华汇来学费的时候,留的都是"过路叔叔"这个名字。李爱华怎么搁得下这份情?参加工作后他曾经多方寻找,想当面对好心人说一声"谢谢",可好心人却就此没了音讯。他怎么也想不到,这个好心人今天会以这种方式,突然出现在自己面前。

刹那间,多年来慈善资助和受助的点点滴滴,犹如汩汩清泉同时流淌在两个人的心田。张得梦乐呵呵地对李爱华说:"你肯定已经认不出我来,当年你还那么小嘛!当我从电视上知道你来做我们父母官的时候,我真打心眼里为你自豪啊!可我不知道这么多年下来,你会变成一个什么样的人,也不知道你以后会做成一个什么样的官,所以我故意用这一百万来试探你。至于这张报纸,这么多年我一直舍不得扔掉,是因为我格外看重山里孩子的这份朴实真情。不过今天我想还是让它'物归原主'更好。你说呢?"

李爱华激动得热泪滚滚,他紧紧握着张得梦的手说:"恩人哪,倘若我今天真拿着一百万来,我还怎么有脸见您啊!"

(宾 炜)

(题图:黄全昌)

谋杀给你看

克里是个记者,住在一栋 15 层公寓大楼的顶楼,没事的时候,他就喜欢在阳台上摆弄他种的花。

这天,克里像往常一样,在阳台上给花浇水,突然头顶传来一声惊呼,克里下意识地抬头,只见一个胖女人像个断线的木偶,从楼顶平台上坠落下来。

克里眼尖,认出那是住在他楼下一层的维顿太太,两只手在空中乱舞,脸上露出惊恐的神色。

维顿太太怎么会从屋顶上掉下来呢?克里惊得目瞪口呆。

过了一两秒钟,就听楼底下传来"通"的一声响,不用说,维顿太太肯定是摔死了。

克里忍不住从阳台上探出脑袋往楼顶平台看,只见从平台栏杆里伸出半张脸,克里心头一紧:那不是维顿太太的丈夫——维顿先生吗?

说时迟、那时快,也就是一眨眼的工夫,维顿先生的脸便缩回去不见了。

警察在维顿夫妇家里发现了一封维顿太太签了名的遗书。据维顿先生说,当时他正在屋里,维顿太太突然从窗口跳了出去,把他吓傻了。

警察于是得出结论,维顿太太是自杀身亡。

这件事好像就这么过去了,周围一切都平静下来,只有克里知道:维顿先生在撒谎,维顿太太绝对不是自杀,她是被维顿先生从顶楼的平台上推出去的。

现在棘手的是:既然克里看见了维顿先生,那么维顿先生一定也看见了克里;也就是说,对维顿先生来说,克里是知情者。心狠手辣的维顿先生会不会来杀掉克里灭口呢? 是福不是祸,是祸躲不过,克里思来想去,决定去拜访一下维顿先生,当面把这件事了了。

第二天晚上,他独自下楼,敲开了维顿先生家的房门。

维顿先生是个身材健壮的中年男人,他打量了克里一眼,不动声色地把他请进了屋。

克里坐下以后,先试探地说:"维顿先生,我对你太太的死感到很抱歉……"

谁知维顿先生哈哈大笑起来,对克里说:"你不用拐弯抹角,有什么话就直说。"

克里叹了口气,心事重重地说:"维顿先生,那天我亲眼看见你太太从顶楼平台坠落下去。我想,你一定也看见我了吧?"

维顿先生冷冷地点点头,说:"是的,我把她推下去以后,看见你从阳台探出头来。你是不是想去警察局告发我呢?"

克里干咳几声,苦笑道:"我没有证据,警察不会相信我,何况你太太已经在遗书上签了名……"

"哈哈!"维顿先生忍不住笑了,"我太太很相信我,我事先打好了这封遗书,告诉她那是一份领养老金的文件,叫她签名,她眼神不好,看也没看就签了,然后我骗她上了顶楼的平台……这样解决问题可比和她离婚划算多了。"维顿先生停下来,点了支雪茄,死死盯着克里,"这事本来完全可以做得神不知鬼不觉,可惜被你看见了。"

"我就是为这件事来的。"克里说,"你担心我迟早会去告发你,或者用这事来敲诈你,是不是?"

"你说的没错。"维顿先生说,"不过,你别想从我这里拿到一分钱,我正在盘算怎么除掉你。当然,现在干掉你太容易引起警察的怀疑,但你如果不安分的话,我随时可以下手。"

克里一听,维顿果然在打他的主意,心里就有点慌乱起来,他尽量用平静的语气说:"维顿先生,你们的家务事我管不着,我只想太太平平过日子。你看这样好不好,我……呃,我让你也拿到一些证据,咱们扯平,怎么样?"

"证据?什么证据?"维顿先生疑惑地问。

"杀人的证据。如果我去杀一个人,让你把我杀人的经过拍下来,你的手里就有了王牌,咱们俩就可以相互信任,谁也不会告发谁,谁也不用怕谁了……"

维顿先生沉思了一会儿,说:"这倒像是一个好办法。可是好端端的,你想杀掉谁呢?"

克里说:"有个叫艾西丽亚的女人,我和她只是逢场作戏,玩玩而已,可是她却缠上了我,非要和我结婚不可,我早就想甩掉她了。下个星期,我们一起去艾西丽亚的公寓,她一心想当电影明星,我就说你是电影制片人,想和她认识认识,然后趁她不备,我把她从公寓阳台上推下去,你拍下证据就行了。这样你放心了,我呢,既除掉了心头大患,以后也不用提心吊胆地过日子了。"

"好,一言为定!"维顿先生拍着克里的肩膀,表示成交。

两天后的晚上,克里和维顿先生按照事先的约定,一起来到了艾西丽亚的公寓。

艾西丽亚住在 13 层,屋子很大,里面空荡荡的。艾西丽亚看见克里,显得很高兴,像小猫一样迎上来,问道:"亲爱的,你今天怎么有空来了?这位是……"

克里偷偷朝维顿先生使了个眼色,然后对艾西丽亚说:"这位是电影制片人,到这里来选外景,我让你见见他。"

"哦?"艾西丽亚两眼放光,露出一脸崇拜的神情,转脸问维顿先生,"您是哪家电影公司的制片人呢?"

维顿先生一愣,随即灵机一动,回答道:"哦,我是独立制片人。"

克里朝他竖了竖大拇指,然后提议:"咱们来喝一杯吧,艾西丽亚,亲爱的,你去拿杯子。"

趁艾西丽亚离开的工夫,克里从兜里掏出一小包粉末,对维顿先生说:"这是镇静剂,一会儿我放在艾西丽亚的酒杯里,再动手就容易了。"

一会儿,艾西丽亚拿来了杯子,克里借着倒酒的机会,把粉末从手指缝抖进了酒杯里,然后使劲晃了晃,把杯子递给了艾西丽亚。

这一切,维顿先生都看在了眼里。

三个人喝完酒,聊了一会儿天,艾西丽亚的眼皮便耷拉下来,话也说不利落了。

克里站起身,去拉艾西丽亚的手:"宝贝,咱们到阳台上去吹吹风吧。"

"好,好呀!"艾西丽亚痴笑着站起来,整个人靠在克里的身上,晃晃悠悠跟着他往阳台上走。

克里一边走,一边用手在身后冲维顿先生做了个手势,维顿先生心领神会,立即从包里拿出了早就准备好的照相机。

克里搂着艾西丽亚走到阳台上。

这阳台的栏杆很低,克里手指着楼下让艾西丽亚看,就在艾西丽亚俯身去看的当儿,克里抓住艾西丽亚的肩膀把她往下一推,只听艾西丽亚一声惨叫,整个人从栏杆里翻了出去。

"卡嚓"闪光灯一亮,维顿先生不失时机地把这个镜头拍了下来。

"好了,好了!"他兴奋地叫起来,"咱们快走!"

"别急。"克里叫住了他,从口袋里掏出一块手帕,把房间里可能留下指纹的地方都一一擦干净,确信什么痕迹都没有留下之后,才和维顿先生一起离开艾西丽亚的房间。

他们没有坐电梯,而是顺着楼梯一直跑到底楼,从侧门跑出公寓,钻进克里事先停在那里的轿车,快速地开走。

几天后,克里去见维顿先生,告诉他艾西丽亚的葬礼已经举行过了,警察认定艾西丽亚是喝醉了酒,失足掉下阳台的。

维顿先生很满意,笑呵呵地说:"这下咱俩扯平了,严格说起来,我手里的证据更实在哩。"

不久,克里搬了家,离开原来住的公寓大楼。

搬家的当天晚上,他穿戴整齐,去一家饭店吃饭。饭店里,有个女人正在等他,看见克里进门,那个女人迎上来,和克里亲吻了一下,她不是别人,竟然是已经"死去"的艾西丽亚!

艾西丽亚问克里:"那个维顿先生没有怀疑你吗?"

"没有,呵呵,一点也没有怀疑,他一定把那张照片当宝贝一样地藏着呢。我们联手演的这出戏去除了他的心病,他以后再也不会来找我的麻烦啦!艾西丽亚,亲爱的,你真是个不错的演员。"

艾西丽亚的脸上笑成了一朵花:"你别忘了,我本来就是一个特技演员呢。可是,那个维顿先生呢? 这样做是不是太便宜他了?"

克里想了想,说:"我们现在没有证据,奈何不了他。但是他作了恶,总有一天会遭到报应的。"

原来,艾西丽亚根本没死。那天,克里事先在艾西丽亚的阳台下面布了一张网,艾西丽亚落到网上以后,立刻跑到底楼,在人行道上假装昏迷,引来行人观看。

这种演技对艾西丽亚来说是小菜一碟,而心急火燎的维顿先生当然看不出破绽来!

（高静云　改编）

（**题图**:箭　中）

希望之星

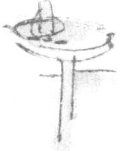

　　杰克原是一个技艺高超的窃贼,他曾经做下过震惊全国的珠宝盗窃大案,但此后便金盆洗手退出江湖,在一个叫可罗拉的小城隐居了五年。这五年里,他娶妻生子,并且成了一家公司的推销员。

　　这天,杰克一大早起来,上班前照例先浏览一遍当天的早报。他发现报上有一则珠宝展览的广告:一颗来自非洲重达58克拉的超级蓝钻"希望之星",将于后天在市博物馆隆重展出。

　　杰克的眼睛顿时就亮了起来,要知道,就是这颗超级蓝钻希望之星,对他们的诱惑实在太大了,有多少身怀绝技的同行,包括杰克的师傅,做梦都想得到它。杰克记得自己的师傅当初为盗取这颗蓝钻,曾经跟游五个国家,最后眼看要得手了,却身中三枪,当场毙命。杰克从此不再对这件宝物抱什么幻想了,谁知今天它突然又出现在眼前!杰克按捺不住内心的冲动,他决定再干一次,最后一次,为自己,也为自己的师傅。

展览会开幕这天,杰克乔扮成一个耄耋老人,早早就去了博物馆。走进展览大厅,他一眼就看到那颗希望之星被密封在一个大玻璃匣中,放置在最醒目的主展台上,光芒四射,夺人眼目,展台四角还有四名高大的警卫肃立守候着。

杰克的心狂跳起来,要知道,他还是第一次见到这颗被人们传颂过无数遍的珍贵的钻石!他尽量克制着自己激动的情绪,拄着手杖,先在展馆里看了一圈,然后才慢慢靠近主展台,贪婪地打量着这颗希望之星。最后他忍不住伸出手去,想要摸摸这个玻璃匣子,一名警卫立刻上来礼貌地制止了他。杰克似乎有点不好意思,歉意地朝警卫点点头,然后无奈地转身,准备离去。

但就在这时,杰克突然脚下一滑,手杖落在了地上,一名警卫赶紧过来,弯腰去搀扶他。说时迟、那时快,只见杰克的脚尖轻轻碰了一下手杖柄上的按钮,只听"噗"的一声,从手杖里喷出一股白烟,飞快地在空中蔓延开来,展厅内顿时烟雾弥漫,惊呼声四起。杰克见时机成熟,立刻用手上特制的戒指划开玻璃匣子,凭着多年的职业感觉,他一下就在迷雾中摸到了希望之星,把它紧紧攥在手里,然后借着浓雾蹿出了展厅。

仿佛一切都很顺利,但就在杰克即将跑上大街时,一颗子弹突然飞过来,打中了他的右腿,杰克知道这肯定是隐藏在暗处的警察向他开的枪,这当儿决不能停下,他顾不得疼痛,拖着伤腿继续一路狂奔,最后总算硬撑着逃到了可罗拉山的山口。

这时候,已时近中午,狂风四起,大雪铺天盖地飘下来。杰克不禁犹豫起来:现在警察肯定已将所有进城的道路都封锁了,要逃出去,只有翻过这座可罗拉山。可自己这该死的右腿已经越来越不听使唤了,怎么办?他想来想去,没有第二条路可走,只能翻山。

于是杰克强打起精神,捡了一根树枝当拐杖,一瘸一拐地沿着崎岖陡峭的山道继续朝前走。路很窄,又很滑,杰克很多时候不得不手脚并用。大风卷着雪花沿着山坡吹过来,不知过了多少时间,小道上的积雪已经没过了膝盖,杰克在大雪中大口大口地喘着粗气,终于,他再也动不了了。

"这难道是上帝对我的惩罚?"杰克感到死亡的阴影正在自己头顶飘绕,他拼上最后的力气,挣扎着站起来,可刚一迈步,脚下不知被什么东西一绊,又重重地摔倒了。杰克低头一看,发现自己居然摔在一个人的身上,这个人已经快要被大雪覆盖了。杰克赶紧把他身上的雪扒开,一看,吓了一跳:此人是个警察,一身警服,腰上还挂着枪。幸好处于昏迷之中,杰克才松了口气。

杰克挣扎着想继续前行,自己总不能和警察躺一块儿吧?但让他始料不及的是,当他用手把这位警察脸上的雪抹掉的时候,他差点儿惊叫起来:他不就是可罗拉市的警长史密斯?

杰克本能地站起来,想赶紧跑,但一则他是真动不了了,再则他想:如果史密斯警长是专门在这儿守候我的话,那么山那边一定还有大队人马在听他指挥,就算我能翻过这座山去,也还是无路可逃啊!想到此,杰克腿一软,不禁跌倒在了雪地上,这一刹那,他觉得伤腿疼得更厉害了,体内的血似乎就要流完。唉,听天由命吧!

这个时候,杰克猛然想到了自己的妻子,想到了自己才三岁的孩子,他突然觉得自己太对不起她们了,不管怎么样,总该把真相告诉妻子吧,让她不要为自己这个骗子丈夫的死去而伤心,已经骗了她整整五年,总不能再让她蒙在鼓里啊!可是,自己都快要死了,或者是被抓了,还有去对妻子说话的机会吗?

杰克正这么想着,突然感到旁边史密斯警长似乎动了一下,他心里一喜:如果我能唤醒警长,请他去对妻子说,他该不会拒绝吧？可如果警长醒了，我可就真的插翅难逃了……杰克犹豫着，心里左思右想，不过一想到自己已经骗了五年的妻子，他最后还是咬咬牙，把手放到了史密斯警长的胸口。

杰克拼命给史密斯警长的胸口按摩，几分钟后，史密斯警长果然醒过来了！他一睁开眼，就认出了杰克。"你好，杰克！"他微笑着说，"感谢你救醒了我。"

杰克嘴巴张了张，一时不知说什么好。

史密斯警长抬起手来，捂住了他的嘴："你先听我把话说完，我有个好消息带给你。眼下仗越打越大了，盟军急需你这样的人来获取敌人的情报。你几年不出江湖，我们无法找到你，前方情况紧急，我们只好设下钻石展览的圈套来引你出山，开枪将你击伤，逼你从这过山，这些都是我们计划的一部分。从你今天的表现看，你不仅有窃取情报的出众表现，有非一般的身体耐力，而且能在绝境中救我这个假昏迷的警察，说明你良知未泯。"

杰克听史密斯警长说这番话，如同在听天书般地吃惊地张大了嘴。他一句话也说不出来，半晌，才结结巴巴地问："你们、你们……不抓我？"

史密斯警长笑着说："你被批准戴罪立功，赶快养好身体，去窃取敌军的情报吧！哦，那不叫窃取，应该叫战斗，你已经是我们的一名战士了。"

可杰克不敢相信史密斯警长说的这一切都是真的。

这时，一名军情局的官员带着医生突然从一块大石头后面闪了出来，他微笑着向杰克伸出了手："祝贺你，杰克，祝贺你顺利通过考验。"

看到医生手中急救箱上的红十字标记，杰克顿时泪流满面……

（娄献忠）

（题图：箭　中）

最后一趟生意

　　这是一个战火纷飞、硝烟弥漫的国家,又一次轰炸结束后,漫天的烟尘渐渐退去,蓝天和烈日又重新出现在沙漠的上空。

　　沙漠公路上,飞奔着一辆破旧的出租车,开车的司机名叫哈伊。

　　这一路上,哈伊发现公路两边处处可见同行车辆的残骸,迎面却不时驶来一辆辆坐满外国士兵的坦克。他一边开车一边在心里咒骂:该死的战争! 你们这帮该死的入侵者!

　　两天前,入侵者的导弹落在哈伊家门口的集市上,几乎炸飞了那里的一切。哈伊幸运地活了下来,于是就决定不再开出租车了,他盘算着,等今天做完这最后一趟生意,他就要到妻子和孩子那里去了,然后,他们一家人永远在一起,再也不分开。

哈伊抬头看了看放在驾驶座前的那只相框,上面的玻璃已经碎了,不过相框里的照片上,妻子和三个孩子的笑脸仍然让他感到欣慰,他自言自语地对着照片道:"亲爱的莎拉,孩子们,我爱你们!我们很快就能见面了,你们等着我把最后一趟生意做完。"

不一会儿,哈伊就将车开到一个加油站,他看到那里停着不少坦克,一个个荷枪实弹的外国士兵三三两两地站在路边,可能是作稍事休息。

其中一个看到哈伊开车过来,立刻示意他将车停下:"你从哪里来?要到哪里去?"

哈伊勉强笑了笑,回答说:"长官,我从首都来,我想离开这个地方,战争太危险了!"他边说边从车里递出一支香烟,并给这个长官点上火,顺便问一句:"战争几时才能结束?"

"快了,我们马上就能解放你们的首都。"那长官深吸了一口烟,一副挺满足的样子。然后,他低头朝哈伊的车里扫了一眼,看到驾驶座前那个相框,问道:"那是你的妻子和孩子?我也有两个孩子,和他们差不多年纪。"

哈伊微微一笑,点点头说:"是啊,他们是我最牵挂的人,可是他们不久之前已经离开这里了,我现在就是去看他们的,也许不再回来了,我不想干了。"

那个长官可能是没怎么遇上过肯对他微笑的本地居民,所以此刻他心情不错,安慰哈伊说:"等我们推翻了你们的独裁者,你就可以回来放心地开车了。"

"也许吧!不过我得先去看我的妻儿了。"哈伊说着,突然从破车窗里伸出头来,大声邀请这个长官和他的同伙,"有兴趣去我家吗?我妻子会为你们做好吃的。一起去吧,最后一趟生意,不收你们的钱。"

正三三两两聚在路边的那伙士兵们,听到哈伊的嚷嚷声立刻都挺有兴趣地凑了过来,大概是因为难得有对他们如此友好的本地人吧!

只见那个长官朝哈伊摇摇头,抱歉地说:"我们有任务在身,去不了,代我们向你的妻子问好吧!"忽然,他又像想起了什么,问哈伊,"对了,前方都是战场,你要到哪里去见你的妻儿呢? 他们总不见得在战场上等你吧?"

哈伊依旧微笑着,轻轻拿起车里的那个破碎的相框,对着妻儿的照片深情地吻了一下,然后转过头来,看着那个长官,还有他身边那些拿枪的同伙,一字一句地说:"天堂!"他说完"天堂"这两个字之后,就用力按下了车上引爆炸弹的按钮!

只听"乒乒乒乒"一阵响,加油站里顿时火光冲天,哈伊最后能看到的,是长官和那伙士兵一张张因为恐惧而扭曲的脸……

哈伊知道,这是他对于入侵者所能做的最后一次抗争!

(李　旭　改编)

(**题图:**箭　中)

奇 思 怪 招

　　冒险的行为通常会有成功的结局,往往最简单的权宜之计能解决最难以克服的困难。

哑巴告状

　　有一个哑巴姓黄,他无父无母,孤身一人,由于家里无田无地,为了填饱肚子,只好到财主家里打长工。岂知这个财主心狠手辣,刁奸狡诈,凡是脏活重活全都交给黄哑巴一个人去做,可即使这样,黄哑巴有时还吃不饱,一不顺眼,还挨财主一顿打骂。

　　好容易一年熬过去了。到了大年三十,黄哑巴找财主讨要一年的工钱,财主把三角眼一瞪,不但不给工钱,反而叫人将黄哑巴毒打一顿。可怜黄哑巴既不能说又不能辩,只好卷起地板上的破草席,忍气吞声地回到家里。

　　黄哑巴两手空空地坐在地上放声大哭,邻居们不知道发生了什么事,忙赶过来安慰,邻居张大伯还将黄哑巴拉到自己家中,一块儿吃年夜饭。

春节过后,黄哑巴一口气咽不下,决心要到县衙状告财主。按照当时的规定,告状必须先写诉状,无诉状官府不予受理。可黄哑巴目不识丁,写不了诉状,求别人写吧,自己有口难开,满肚子苦水倒不出,谁又能听懂自己的话呢?

不过,这黄哑巴虽然不能说话,但却十分机灵,很有心计。他在大路旁边搭起一个茶棚,摆开桌凳,以卖茶为生。每天一大早就摆好茶桌,同时也将纸笔墨砚摆放在茶桌之上,看到先生模样的人,就请进茶棚,安排座位,斟茶,然后用手指指纸笔,再指指自己,打手势表明自己有冤屈。许多先生见此,知道黄哑巴受了委屈,但又不知他要状告何人,更不知告状的内容,都表示揽不下这份诉状,只好摇摇头,一走了之。

一天上午,有位赶路先生正打茶棚门口路过,被黄哑巴一眼瞅见,黄哑巴大步上前,拦住先生,一把揪住先生的衣袖,要拉他进茶棚喝茶,先生无奈,只好跟着哑巴走进茶棚。

待先生坐定,黄哑巴一边给先生提壶冲茶,一边用手比划一阵,嘴里"乌哩哇啦"地嘀咕一番,尔后将纸笔墨砚摆在先生面前,双手合掌,不断地向先生打躬作揖。

这位先生明白了,黄哑巴要他给写诉状。可这诉状怎么下笔呢?他沉思片刻,眼睛一亮,提起笔,蘸饱墨水,慢慢写道:告状人是个哑巴,请县太爷派人跟着他,指东家捉西家,自有人说直话。

先生将诉状写好后,交给黄哑巴,黄哑巴连连作揖,拜谢先生。待先生走后,黄哑巴马上收拾茶具,关上茶棚,朝县城方向跑去……

黄哑巴来到县衙门前,击鼓鸣冤,县太爷闻讯,立即升堂问案。

衙役将黄哑巴带上堂来,县太爷问道:"状告何人?"黄哑巴跪在地上,只是用手比划,然后从怀中取出诉状,呈到县太爷案前。

　　县太爷见告状人是个哑巴,不禁双眉紧锁,但低头一看案桌上的状词,十分简要,反复琢磨,越看越觉得写状人有水平,使的法子也行得通。

　　他当下主意已定,立即吩咐两个衙役跟着黄哑巴去捉人。

　　一会儿,衙役来到财主门前,黄哑巴用手指着大门,嘴里"叽叽喳喳"地叫喊着,衙役一看,便知这家财主就是本案的被告。他们站在财主门前四处观望,只见在财主家西边开着一家小店,于是一哄而上,向西边小店闯去。

　　这家店主看见衙役闯进店中,慌忙起身想上前套近乎,哪知道两个衙役一言不发,猛然将锁链套在店主的脖子上,拉着就往外走,推推搡搡,将店主带到县衙。

　　店主被带到大堂之上,大声叫道:"冤枉呀!冤枉!"

　　县太爷见捉来了人,便升堂问案,一来二去的,店主听明白了怎么回事,这才松了口气。店主与财主是邻居,平时深知财主的为人,也知道黄哑巴在他家打长工的遭遇,于是就一五一十把经过直言相告。

　　县太爷审完了案,心里十分高兴,心想:本县未费吹灰之力,就将案子断得清清楚楚,传扬出去,也是个"活包公"呢!想到这里,他得意洋洋地从签筒里抽出竹签,喝令衙役执签前去捉拿财主,为黄哑巴伸冤……

(杨天元)

(题图:俞耀庭)

劝子上吊

　　从前,在伊斯发格住着一位有钱的商人,他有一个独生子,常与一些不三不四的人来往,商人劝他,他总是不理睬。

　　商人快要死了,他把儿子叫到面前,说道:"儿啊,我将死去。你要记住爸爸一句话:当你想自杀时,你就爬上桌子,拿根绳子系在阁楼的这个环上,另一端打一个结,套进脖子,把桌子蹬开,这样死就容易多了。"

　　儿子听了,笑了笑,心想:爸爸疯了,你有这么多钱留给我,我还会上吊吗?

　　不久,商人死了。商人的儿子跟着一班狐朋狗友鬼混,把金钱、家具、奴婢、童仆……一样一样都卖光了。

　　一次,商人的儿子和朋友们到城外去散步,有个朋友叫他准备一些东西,到公园里举行宴会,他一口便应承了下来。

一回到家里,他便哭着对妈妈说:"妈妈,明天我的朋友们要举行公园宴会,我拿什么去招待客人呢?"

妈妈宠爱儿子,她见儿子着了急,就典卖了自己的首饰,准备了食物,叫儿子拿去。

商人的儿子背了食物到公园去。累了,坐在树下休息一会,忽然有条狗跑了过来,他见了非常高兴,就把食物捆好,套在狗脖子上让狗拖着走。没想到狗跑得飞快,竟把食物给拖走了,一会儿就跑得无影无踪。

没办法,商人的儿子只好眼泪汪汪地来到朋友们这里,讲述了事情的经过。可朋友们哪肯相信他的话,他们讥讽他,笑骂他,到宴会正式开始时,不许他参加。

商人的儿子回到家,哭了好久,悲痛万分,心想:以后再也无脸见朋友们了,不如一死了之。他想起爸爸的话是对的,爸爸早已料到他会有今日。他就依着爸爸的嘱咐,爬上桌子,拿根绳子系在阁楼的环上,另一端打了一个结,套进脖子,猛然一脚把桌子蹬开⋯⋯

没料到这一下竟把阁楼上的环拉掉,自己重重地跌下来,接着只听"哗啦啦"一阵响声,上面竟撒下许多金币来。

商人的儿子这才恍然大悟,亲爱的爸爸是多么爱他啊! 到了这样一个绝境,爸爸还给他最后一份厚礼。他觉得自己应该抛掉过去的许多愚蠢行为,再也不能继续荒唐地生活下去了。

儿子把金币全都找了出来,交给妈妈,赎回所失去的一切,还添置了许多新的,经营着爸爸的商店,而且生意兴隆,蒸蒸日上⋯⋯

(悦训书)

(**题图:**箭　中)

勤贼公司

这个故事说起来也许有点儿荒诞，但是在那一带真的传得很凶。

说是有个叫王小牛的，虽然今年才28岁，可他干这一行至少也有20年了。哪一行？小偷。

做小偷不但说起来极不光彩，而且还整天担惊受怕，可这个王小牛硬是凭着胆大聪明和高超偷技，竟一次也没有出过事。慢慢地，王小牛在圈内就有了名气，只要提起他，无人不晓。

不过最近王小牛有点胸闷，为啥？因为有人名气超过了他，不但偷技比他更高超，而且人家还成立公司，最近正在招聘员工。

这个偷技更高超的人，叫老二；老二的公司，叫"勤贼"公司。

勤贼,勤贼,"业精于勤,荒于嬉",据说勤贼公司得名于此。

传说这次招聘,公司有个名称,叫"勤贼行动",当家的老二给勤贼行动规定了非常具体的行动步骤:第一步,初试,考应聘者的专业技能,比如掏钱包、开门锁等等,这一关过不了,充其量只能在公司里打杂,扫地、看大门什么的;第二步,复试,考应变能力,假如被公安机关擒获,能不能镇定自如,能不能守口如瓶,甚至能不能蒙骗过关,如果这一关过了,不但能成为公司的正式员工,而且还有可能被提拔当个小头儿什么的;第三步,面试,老二亲自把关,假如这一关也过了,这人今后就有可能被培养成公司的干将,或者进一步被老二发展其为心腹,工资奇高自然不在话下。

招聘之事一经在圈子里传出,全城小偷跃跃欲试,王小牛虽说心里不怎么开心,但毕竟这事儿挺有刺激,所以他也很想去试试。抱着这样的想法,招聘第一天他就去了。

没想那个初试考官王小牛认识,人称"老四",在圈内也算是个人物。

王小牛暗想:连老四都已经投奔勤贼公司来了,可见这个当家的老二该有多牛气!

不过老四并不认识王小牛,他把王小牛和另外两个应聘者编成一组,然后就宣布初试开始。

初试的题目很简单,一口大锅,里面翻腾着滚烫的沸油,老四扔进去三块滑溜溜的肥皂片儿,要求他们三个人各自用手把肥皂片儿从沸油锅里捞出来。

这点小伎俩难不倒王小牛,这一手他八岁的时候就学会了,只见他鼓起腮帮子,咬紧牙花子,眼睛却盯着墙上"业精于勤,荒于嬉"的《员工守则》,根本不朝铁锅和铁锅里的肥皂片儿看一眼,只轻轻一下,肥皂片儿就被他从油锅里稳稳捞出,动作之快,旁人根本来不及眨眼。

　　和王小牛同组的另两位这时也各自从油锅里将肥皂片儿捞了出来。

　　老四看着王小牛问:"你是王小牛?"

　　王小牛点点头,说:"是我。我见过四哥,只是四哥贵人多忘事,不记得我而已。"

　　老四说:"我不用记,看这身手,就知必是你无疑!"

　　王小牛一听,心里不免暗自得意。

　　老四又问他:"你屁股后面那串钥匙呢?"

　　王小牛还没来得及开口,旁边的一位抢着喊起来:"在我这儿呢!我刚才捞肥皂片儿的时候,随手把他的钥匙给拿来了。"

　　干这行的都知道,偷钱容易偷钥匙难。为啥?因为动钥匙会发出声响。那人的意思明摆着:看我这手,多厉害啊!

　　想不到王小牛朝他微微一笑,问道:"你把钥匙藏好了?"

　　那人答:"当然!"

　　王小牛问:"藏哪了?"

　　那人答:"内裤里!"

　　王小牛再笑:"你现在摸摸看!"

　　那人伸手一摸,脸变了色。

　　王小牛说:"你能把钥匙拿走,我就能把它拿回来。你说说,是你厉害还是我厉害?"王小牛说着,把左手掌一摊,果然,是那串钥匙。

　　没说的,王小牛顺顺当当过了初试关。

　　第二天复试,嘿嘿,巧了,这个复试的考官王小牛也认识,人称"老三",也是贼中高人,王小牛想想连老三也成了勤贼公司的人,他不得不把老二当成偶像来崇拜了!

　　老三对王小牛说:"现在,就当你被公安局抓住了,正在受审,我问你答。"

　　王小牛点点头。

老三于是一拍桌子："姓名！"

王小牛说："李大狗！"

老三问："籍贯？"

王小牛说："我是阿尔巴尼亚人。"

老三说："阿尔巴尼亚有姓李的吗？"

王小牛说："我随娘姓。"

老三说："你长这模样，也不像阿尔巴尼亚人！"

王小牛说："入乡随俗，我整了容。"

老三问："你刚才在干吗？"

王小牛说："那女人口袋开了线，我帮她扯扯线头！"

老三怒喝："可我看你是在往外掏钱包！"

王小牛赔着笑："您可真会开玩笑，我从不拿群众一针一线。"

老三再怒喝："现在说什么都没有用。给我铐上！"

王小牛就笑了："铐？您看看我在哪儿跟您说话，您铐得上吗？"

这王小牛，不知什么时候已经站到了窗外，正隔着窗户跟老三一问一答呢，手里还拿着一副从老三桌子上顺手拿走的铐子！

这是什么功夫？这就是王小牛苦练了十几年才练成的"分身术"！他能在和别人说话的时候，让别人产生错觉，以为他就站在面前，而事实上他早已经跑远了。

老三惊讶得张大了嘴巴半天没合上："我还以为这'分身术'早就失传了，真是人才！二十一世纪什么最值钱？人才！"

他朝王小牛大手一挥，"去面试吧！二哥正等着！"

王小牛心里这个美啊！

面试是单个进行的，老二端坐在桌子后面。

王小牛初见老二，发现他人干瘦干瘦的，留着山羊胡，很有些道骨仙风的样子，便恭恭敬敬地冲他抱了抱拳，道声："前辈好!"

老二眯眼看了看他,说:"咱不说废话,直接考试。如果你过关了,会有意想不到的好事!"说罢,他抓过王小牛的手看。

王小牛的手指十分柔软,中指和食指一样长,而且这两根指头明显长出其余手指一截,老二笑笑:"果然是王小牛!"又问:"会壁虎功吗?"

王小牛没答话,瞅准一个墙角,两只脚往墙上一蹬,人就像壁虎"噌噌噌"爬了上去,只一会儿工夫就爬到了天花板,然后一个跟头轻轻飘回地面。

老二满意地点点头:"果然厉害!"顿了顿,继续问:"能开铐子吗?"

王小牛点点头。

老二于是就取出一副铐子,将王小牛铐上,然后让他自己打开。

此时,王小牛手上已经捏了一根不知何时何地弄来的细铁丝,他用细铁丝熟练地拨着铐子。可说来奇怪,平时几下就能捅开的铐子,这次费了半天劲硬是没拨弄开。

王小牛自言自语道:"奇怪,这铐子怎么打不开呢?"

老二哈哈大笑:"这是我特制的铐子,能弄开的话,还怎么抓你?"

他回头冲里面房间大喊:"两位兄弟,快出来吧!"

说时迟、那时快,从房间里即刻冲出两个人,一边一个将王小牛按倒在地,看他们这身手,完全是警察抓贼的标准动作。

王小牛糊涂了:"二哥,您这是干吗?"

老二冲王小牛叹了口气,说:"小牛啊,咱们这碗饭可不是好吃的,你这点小把戏看似战无不胜,其实还不足老二我本事的十分之一,被抓是早晚的事。我这样做,是为你好,你还是早些悬崖勒马吧!"

王小牛一边挣扎一边叫道:"您要把我交给警察? 二哥,您也忒毒了点吧?"

老二又叹一口气:"我不是说过'还有你意想不到的好事'吗? 这就是啊! 你也不想想,只不过一副铐子,就把你拿下了,你说你这贼当的,还有什么含金量?"

按住王小牛的两个人问老二:"这家伙,得把他按几级嫌疑人看管?"

老二想了想,说:"最高级! 他会'分身术',会'壁虎功',会开铐子,是贼中状元,当然得单独照顾一下。"

王小牛恨得牙根直痒,大骂:"呸! 老二! 你这个骗子!"

老二说:"我没有骗人,本来这次招聘就叫'擒贼行动',这个地方就叫'擒贼公司',你们都自作聪明,认为是什么'勤贼公司','业精于勤'是我们这一行的事吗? 越勤,就会把自己害得越深,难道你不知道'伸手必被捉'的道理吗? 唉,知道这么多年,我为什么一直自称老二吗?"

王小牛被按在地上,一边使出吃奶的劲儿拼命挣扎,一边恶狠狠地瞪着老二。

老二笑着说:"那是因为咱有自知之明。有法压着,谁还敢说自己是老大?"

王小牛一听老二这话,像被人在脑袋上重重敲了一棍,一下子停止了挣扎,瘫软在地上,嘴里不住地嚷着:"我与你无冤无仇,你自己不想做就算了,为什么要害我啊?"

老二反问他:"我怎么害你了? 我说过要把你交给警察吗? 我知道你肯定纳闷,我为什么要兴师动众这么做,最后还要把你铐上? 其实我的目的很简单,就是想要你们这些人从此放弃这个行当! 我做了这么多年贼,得手的东西加起来,起码有几千万吧,可是,我过过一天安稳的日子吗? 我哪一天不是在担惊受怕中度过的? 晚上睡觉,只要外面有警车叫,我就会吓得从床上蹦起来……我现在一天都不想做贼了,我只想过安稳的日子。"

顿了顿,他接着说:"其实做我们这行的,谁都懂这个道理,只是觉得自己已经做了这么多年贼,刹不住车而已。我今天就是想当着你们的面发誓,从此我将金盆洗手。连我这样的老江湖都可以悬崖勒马,选择退出,我想你们每个人应该也都可以吧?我话就说到这里,今后怎么做,你自己选择!"

老二说完,冲着按住王小牛的那两个人做了个"退"的手势,然后他自己走到王小牛面前,用手轻轻一抹铐子,那铐子就"叭嗒"一声打开了。

王小牛揉着被扭痛了的手腕,瞪眼瞅着老二,似乎对他的话表示赞同,又似乎有些不明白。不过此刻他心里很清楚,假如这次真是警方行动的话,他早被塞进警车里了。

王小牛最终有没有放弃做贼,有没有洗心革面,没有人知道。不过可以肯定的是,自从招聘事件之后,城中小偷数量锐减。

而且,有一条消息据说是确切的:老二真的金盆洗手,和老三、老四一起开店做小生意去了!

(周海亮)

(题图:魏忠善)

真的谢谢你

　　小周是个新交警，上岗还不到一年。这天下午，他在马路上值勤，发现一辆小轿车居然当街违规掉头，于是就打了个手势，把车拦下了。

　　司机打开车窗，规规矩矩地把证件递出来，赔着笑脸说："交警同志，我们是从安县来的，对省城道路情况不熟悉，违反了交通规则，请你原谅我们这一次吧？"

　　后座上的人也帮着司机求情："交警同志，我们还要赶路，时间很紧，你看，能不能通融一下……"

　　小周看看他："你是……"

　　司机介绍说："这是我们安县的副县长。"

　　小周朝他点点头，看他们认错态度比较诚恳，又确实是不熟悉路况,于是就准备放行。

谁料这时候一阵风吹过,一股酒气扑鼻而来,小周盯着司机问:"你喝酒了?"

司机脸色一变,嘴里的话就吞吞吐吐起来:"这个……这个……"

小周立马打断他:"你别'这个、这个'了,喝没喝酒我一测就知道。"他边说边从口袋里掏出一个小巧玲珑的酒精测试仪。

车上的领导一看小周要动真格,不免着急:"交警同志,司机中午确实喝了点酒,不过现在酒劲早过了,他技术很好,车开得很稳,这一次能不能就算了?"

小周严肃地说:"不行,我要为你们的安全负责。"

小周执意要测,司机见状忙说:"你别测了,我承认喝了酒还不行吗?"

小周不依不饶:"看你这满身酒气,我得测一下你到底喝了多少酒。"

司机没办法,只好冲着酒精测试仪哈了一口气,不料,测试仪上的显示灯毫无动静。

小周有些奇怪,这么大的酒味,测试仪怎么会没有反应呢?于是命令道:"你再试试!

司机害怕了,边往后闪边说:"行了,我承认我喝过酒了,就求你别测了吧?"

"不行,必须弄清楚。"小周不由分说,把测试仪拿到司机嘴边,逼着司机一定要测。

没办法,司机只得又哈一口气。可奇怪的是,测试仪上依然没有反应。

小周纳闷:难道是我的测试仪出故障了?

司机说:"我喝了很少的酒,可能测不出来。"

小周摇摇头:"不可能,这东西平时灵得很,只要喝一点酒,就绝对能测出来。"他上下打量了一下司机,怀疑地问:"你是不是根本没喝酒?"

司机浑身一哆嗦,眼角扫了扫后座的领导,信誓旦旦地对小周说:"喝了,绝对喝了。"

小周心中奇怪:真是怪事!平时只遇到过死乞白赖高低不承认自己喝酒的,今天这人怎么却倒着来?

这时候,后座上那个领导探出头来,盯了司机一眼,对小周说:"你把测试仪拿过来,测一下我喝没喝过酒。"

小周把测试仪举到领导面前,领导才张嘴,测试仪上的红灯就跳个不停。

怪不得!小周恍然大悟:原来,这么重的酒气是从领导身上来的。小周说:"副县长同志,你起码喝了八两酒。"

领导点点头:"不错,这玩意儿不蒙人。好了,我的司机既然没喝酒,我们可以走了吧?"

事情既然清楚了,小周就把驾驶证还给了司机,领导的车就重新上了路。

很快,小周就把这件事忘了。

一年后的一天,小周截获了一辆超载的外地大货车,货车在路边停下后,司机忙不迭地跳下来,一面掏烟,一面低头哈腰地说:"交警同志,照顾一下吧,现在生意难做啊,货拉少了,根本赚不到钱。"

小周看着这人挺眼熟,一想,想起来了:"你不就是当初那个给领导开车的司机吗?没喝酒硬说自己喝酒!"

司机一怔,看了看小周,也想起来了:"啊,你就是那个交警哪!"

小周问他:"你怎么开起大货车来了?"

司机挥挥手:"别提了,都怪你,那次要不是你查出我没喝酒,我现在还……"说到这里他突然打住了,语气一转,嘻嘻笑道,"不对,其实我该感谢你才对!"

小周被他搞糊涂了:"你一会儿要怪我,一会儿又要谢我,到底什么意思呀?"

司机笑呵呵地说:"我给你说清楚,不过,你得少罚我点。"

司机告诉小周,那回他开车到省城,是送那个当副县长的领导来见一位房产开发商,领导当时分管城建工作,开发商想通过领导拿开发项目。那天,开发商在饭店为领导开了一个套间,领导为联络方便,就让司机睡在旁边一个小单间里。中午吃饭时,司机自然是吃小灶的待遇,开发商为显示自己的大气,也给司机上五粮液,上中华烟,司机说:"我开车不能喝酒,把酒撤了吧!"开发商说:"不喝你可以带回家呀!"司机吃完饭,见领导和开发商谈兴正浓,还有一桌作陪的客人,就没有过去打招呼,夹着五粮液回房里休息。才躺下不一会儿,忽听外面房门响,进来一个人,听声音正是领导。司机赶紧要从床上起来,忽然就听领导说:"我回来拿个东西,你跟上来干什么?"司机一惊:领导这是在跟谁说话哪? 就听是开发商的声音:"嘿嘿,这是一点小意思,10万元。您放心,除了我,绝没有第二个人知道。"司机本来还有点迷迷糊糊,一听这话,立刻被吓得清醒了! 只听领导打着哈哈说:"你呀……那就……好吧,我……帮你想想办法吧!"一阵轻轻的嘀咕声,随后就听房门"砰"关上了,房间里没了声音。

司机惊出一身冷汗。虽然以前也见过领导收受人家烟酒之类礼品的事,可那毕竟是"小儿科",这回可是10万元哪,够进大牢的! 司机心里"别别"跳,猛一想:不好,要是领导知道自己刚才在房间里,会不会……他吓得赶紧从床上蹦起来,意识到自己得马上离开这个是非之地,越快越好。可就在这个时候,他的手机铃响了,一看号码,正是领导的。司机大惊:坏了,领导一定发现自己不在餐厅,肯定会马上找回来,如果现在出去,说不定就会迎头碰上。这可怎么办？司机四下一打量，眼光落到桌上那瓶刚才从餐厅带回来的五粮液上。他灵机一动，拿过来打开瓶塞，不管三七二十一就往脸上、身上倒，然后往床上一倒，装成喝多了睡死过去的样子。

刚做完这一切，门响了，领导慌慌张张地进来，径直推开司机的房门，气急败坏地说："你怎么先回来了?"司机假装睡熟了，轻轻打着鼾，没有应声。领导走到司机床头，闻到一股酒气，他使劲推了推，司机觉得不能再装了，只好假装被推醒了的样子，挣扎着从床上坐起来。领导怀疑地看着他："怎么，你一直在睡觉?"司机揉揉眼睛，假装不好意思地说："这五粮液，劲头就是大，我刚喝了两口，就犯困。领导，您什么时候回来的?"领导盯着他的眼睛，觉得他不像撒谎的样子，暗暗松了口气，说："你还要开车，以后就不要喝酒了。""是的，是的。"司机答应着，知道这事应付过去了，那颗提着的心才算落了下来。他当然怎么也没料到，下午返程的时候，会碰上交警小周。

小周听完司机的叙述，笑道："怪不得当时你一口咬定自己喝酒了呢!"

司机说："回去以后，领导做的第一件事，就是把 10 万元钱退了，当然，最后工程也就没有包给那个开发商;至于第二件事嘛……"

小周接口道："第二件事你不说我也猜得到，你的小车司机当不成了，对不对?"

司机点头："不当就不当呗! 我后来就买了辆大货车，自己跑运输。"

小周不由问道："你当不成小车司机，这件事确实跟我有关系，可你刚才为什么说还要谢我呢?"

司机顿时就眉飞色舞起来："你不知道，上个月，那位领导被逮进去了!"

小周笑道："这不奇怪,这是早晚的事,伸手必被捉嘛!"

司机一拍大腿:"嘿嘿,不光他进去了,接替我给他开车的那小子,帮他一块干,现在也陪他进去了。想起来我就后怕呀,要是我还给他开车,说不定进去的就是我了。你说,我该不该谢谢你?"

小周哈哈大笑,拍拍司机的肩膀,深有感触地说:"看来,给领导开车虽然威风,却也有风险呢,还不如你现在开着大货车好啊,自由自在,即使违规,最多罚两个钱就是了。

司机连连点头:"是呀,是呀,是这个理呀!"

司机还想说什么,却看见小周已将一张罚单递到了他面前。司机一跺脚,委屈地叫起来:"我给你说了这么多,你还真罚呀?"

小周忍住笑,正色道:"那当然! 不管干什么,违了规,就得付出代价。"

(黄　胜)

(题图:魏忠善)

故事高手

　　贾宝庆成天没事干,饿了就找地方蹭饭,蹭的次数多了,别人都烦他。

　　这天,贾宝庆扳着手指数来数去,自己村里实在没地方可以去了,于是灵机一动,就跑了几十里地来到他一个远房表姐家。这个表姐家境不错,贾宝庆觉得蹭她家几顿饭不算啥。

　　到表姐家已是下午四点多了,贾宝庆敲门,出来一个十六七岁的男孩,问:"请问你找谁?"

　　贾宝庆气喘吁吁地说:"找我的表姐,你快让我进去!"

　　男孩说:"我是她侄儿,怎么过去从来没见过你呀?"

　　贾宝庆不耐烦地说:"我姓贾,叫贾宝庆,问那么多干啥?"

　　男孩这才"哦"了一声,说:"原来是贾叔叔,听说过,听说过!"连忙把他让进了屋。

贾宝庆早走累了,进屋就一屁股坐下,跷起二郎腿,吩咐男孩说:"快,给我端杯茶来!"

男孩张了张嘴,没说话。

贾宝庆不由生了气,训道:"快去呀,还磨蹭个啥?"

男孩从没见过这么傲慢无礼的人,不过他眨巴眨巴眼睛,没吱声,转身去给贾宝庆端来一杯茶,问贾宝庆道:"我姑妈家发生的事,你听说了吗?"

贾宝庆大吃一惊:"什么事?"

男孩说:"两个月前,我姑父和他弟弟一起出去谈一笔生意,从此就没回来。后来警察破了案,是一伙黑社会的人把他们杀了,到现在连尸体都没找到。这件事让我姑妈受到很大的刺激,她至今都不承认这个事实,固执地认为他们一定会回来。她还经常给我描述他们两个回来时的情形,说我姑父拿着公文包,我姑父的弟弟吹着口哨,说他们回来的时候一定是黄昏,就像现在这种时候,沿着窗外的小路,慢慢走回来……"

男孩幽幽地说着,这时候,窗外天色已经渐渐暗下来,小路上灰蒙蒙一片。

只听一阵脚步声响,原来是贾宝庆的表姐回来了。表姐见贾宝庆来很高兴,说:"宝庆,你等会儿,我丈夫和他弟弟马上就回来,等他们来了我们再一起吃饭,好吗?"不容贾宝庆答话,表姐就兴致勃勃地跟贾宝庆谈起关于自己丈夫的一切,一边说一边不时地把眼光投向窗外,好像她丈夫和他的弟弟真的会从小路上走回来一样。

谈着谈着,外面的天色越来越暗,表姐的脸上不由露出焦急的神情,贾宝庆突然可怜起表姐来,他小心翼翼地提醒说:"如果表姐夫和表弟一时回不来呢?难道我们一直等下去?"

表姐坚决地说:"不会的!往常他们都是这个时候回来的。"

正说着,她眼睛一亮,指着窗外喊道:"你看,他们不是回来了吗?"

贾宝庆浑身一个哆嗦,顺着表姐的手势朝窗外望去,只见昏黄惨淡的路灯光下,有两个男人正沿着小路朝这边走来,他们一个拿着公文包,另一个吹着口哨……

贾宝庆顿时吓出一身冷汗:莫非是鬼来了? 他"噌"地推开屋子后窗户,不顾一切地跳出去,就没命地往前跑,根本不理会表姐在背后大声喊他。

表姐惊得目瞪口呆,一边为回来的丈夫和弟弟开门,一边摇头说:"真奇怪,怎么我这个远房表弟一见你们回来就逃? 像见了鬼一样?"

男孩在一边乐得哈哈大笑:"这个人胆子真小,我只不过讲了个故事,他就吓成了这样!"

(何德铭)

(**题图**:顾子易)

自 作 聪 明

如果你不能顺着直道正路走做到不平凡,可千万别为了要不平凡而去走邪门歪道。

　　从前,东山村没有一个识字人,有一年收成好,村里人填饱肚子后便聚在一起商量,想请个先生来村里教子弟识字,先生就住在学校,先生的报酬由各家兑几升粮食支付。大家商量妥后,便派人专门从镇上请来一位先生。

　　先生四十多岁,文质彬彬,一脸书生样。他写得一手好字,能将《三字经》、《百家姓》、《增广贤文》倒背如流,并且还很会调教学生,把二十几个野惯了的放牛娃管束得规规矩矩。村里人都说,能请到这么一位好先生,真不知道是哪辈子修来的福。

　　转眼到了夏天。野惯了的孩子在夏夜里是不会安分的,这天晚上,有八个孩子聚起来一嘀咕,便悄悄钻进村头一片瓜园,偷摘了八个大西瓜。他们迫不及待地找了个僻静地方,坐下来就吃,一个个吃得肚子溜圆,只吃掉了其中的三个瓜。还余下五个怎么办?大家一商量,决定送给先生吃。

先生刚睡下,听到敲门声,便摇着蒲扇出来了。月光下,先生一看门前的五个西瓜,就明白是怎么回事。他挨个儿看了看八个学生,脸上的表情说不出是怒还是喜。学生们有些害怕,这才后悔不该送瓜给先生吃,如果先生怪罪起来,一顿板子就难以逃脱了。

只见先生皱着眉头在院子里踱了两个来回,随后眯着眼睛问这些学生:"你们是不是特意买来西瓜孝敬我的?"

八个学生中七个都挺诚实,回答说:"不。"但西瓜是怎么来的,他们却吞吞吐吐说不明白,只有一个学生在一旁不作声。

先生两眼盯住没有吱声的那个学生。那个学生很乖巧,就顺嘴撒了个谎,说这瓜是特意买来孝敬先生的。

先生显出很高兴的样子,让那个学生坐一边歇着,然后又回过头来吩咐两个学生去打麦场抱来一些麦秸,在院子里燃起一堆火,又叫另五个学生各抱一个西瓜,在火上烤瓜蒂。孩子们猜不透先生的意思,又不敢问,只好按先生的吩咐小心去做。

先生摇着蒲扇绕火堆踱方步,每踱三五圈,就问一句:"是买来的吗?"开始,这几个学生都摇头,后来有个学生经不住热烤,就冲着先生点了头,先生就让他离开火堆,也坐一边歇着。这么一来,还在围着火堆烤瓜蒂的那些学生蹲不住了,便一个个相继点头,都说西瓜是买来的。

先生舒心地笑了,让通身流汗的学生们熄了火,将五个西瓜抱进屋,然后吩咐他们去水塘里洗个澡,各自回家睡觉。

第二天上午,学生刚刚到课堂,先生正准备上课,瓜农找上门来了,说是昨夜丢了不少西瓜,有人看见一群学生抱着西瓜进学堂了,请先生帮忙给查一查。

先生彬彬有礼,叫学生搬出两张凳子,请瓜农坐到树阴下,将蒲扇递了过去,然后心平气和道:"鄙人才疏学浅,本不足以为人师,承蒙众乡亲抬举,来贵村执教,已万分感激,岂敢不尽心尽力?昨夜学生抱瓜入校不假,不过,那是学生特意买来送给鄙人的。既然老哥寻上门来,为了学堂的清白,就不得不请老哥查验一二了。"

先生吩咐学生把卧室的五个西瓜搬出来,请瓜农验看。瓜农一眼便认出这是自己地里的西瓜,就一口咬定是学生偷来的。

先生把昨晚偷瓜的八个学生叫到面前,问:"这五个西瓜是你们昨晚抱进来的吗?"八个学生都说"是的"。先生又问:"是买来的还是偷来的?"八个学生异口同声说:"是买来孝敬先生的。"

先生挥手让八个学生退下,转身问瓜农道:"老哥还有什么话说?"

瓜农说:"俺园子里的西瓜都是这种花纹,这瓜分明是偷俺的!"

先生微微一笑,道:"世上不乏长相一样之人,何况花纹一样之瓜?请问老哥,你瓜园昨夜失盗,被盗之瓜的瓜蒂可一定是新鲜的?"

瓜农说:"那一定是新鲜的。"先生一指地上的五个西瓜:"请老哥验看。"

瓜农睁大两眼,逐个看了看五只西瓜的瓜蒂,一个个却都是枯萎半干的,他惊奇得张大嘴巴说不出一句话来。

先生冷笑一声道:"为了学堂的名誉,我不得不告你个诬人清白之罪,只有跟老哥公堂相见了!"先生拂袖而起。

瓜农吓坏了,起身拉住先生,赔着笑脸说:"先生别生气,是我昏了头,错怪学生了!"

瓜农怕惹出是非,忙请族长出面,又摘了两筐西瓜担着,一起到学校给先生赔礼道歉。先生显得很有肚量:"人非圣贤,孰能无过?此乃小事一桩,不计较也罢。"于是,这事也就罢了。

后来,八个学生中不知哪一个嘴松,把这件事的根底给捅了出去。村民们听到后,先是伸出拇指赞道:"先生高才!"继而却又沉思不语。

再后来,就有几户人家说田里活儿忙,不让子弟读书了。不久,又有几户人家说缴不起学费,识几个字就够了,叫子弟退了学。一来二去,只剩下两三个学生了。先生看看没法再教下去,只好叹口气,卷起行李走了。

（吴庆安）

（**题图:箭　中**）

路　　劫

　　县城东北八十余里有片荒岭,那是个三县交界的地方,相传清朝初年,这里出了一桩命案,三个县的县官互相推诿,都说这里不是本县辖地,直到腐尸变成森森白骨,三个县官也没弄出个名堂来。从那时起,这儿就被叫作了"三官岭"。

　　这天,从县城开出的客车到了三官岭吴家道口,天已经黑了。乘客中有个叫肖克怀的,他紧握着手中的小提包,把老伴搀扶下车,又从车上拿下沉甸甸的大提包。等客车开走了,他才发现情况有点不妙。

　　三官岭周围黑沉沉的,连个人影也没有,寒风吹着荆棘和蒿草,发出了"呜呜"的怪声音,令人感到十分恐怖。看看体弱多病的老伴和地上的大提包,又望了望吴家村的方向,肖克怀愁坏了。

肖克怀女儿的婆家在吴家村,半年前,女儿从县化工厂下岗,随女婿回村办了个红果加工厂。前些天,女儿来电话,说要买机器,请父母帮忙借点钱。肖克怀找了几个老朋友凑了两万元钱,本想叫女婿来拿,可老伴惦念女儿和外孙女,催着他今天一起来了。

一个月前肖克怀老两口来过一次,那次客车到这道口时太阳还挺高,两人刚下车,就坐上吴家村外出归来的拖拉机,很容易地到了女儿家。可今天客车一路上坏了三次,幸亏肖克怀是县运输公司的退休司机,他帮着司机修好了车,要不,恐怕现在也到不了这儿。不过现在到这也晚了,吴家村外出干活的人早都回家,想搭便车是不可能了。

大提包里是肖克怀老两口给外孙女买的吃的、喝的、玩的,沉甸甸的,肖克怀背着走了几步就累得喘不过气来。老两口想把提包藏到桥下,到家让女婿来拿,正商量着,忽见公路上车灯晃动,一辆轿车开了过来,慢慢地停在路旁。两位老人以为是去吴家村的,忙向轿车走去。

轿车司机下了车,晃着高大的身子,骂骂咧咧地打开车头盖,朝车内喊道:"你到桥下提桶水来。"车那边的门随即打开,一个高个女人应声下了车,拿着手电筒,拎着一只小水桶慢慢向桥下走去。

看着司机着急上火的样子,肖克怀赔着小心问:"师傅,去吴家村吗?"

司机抬头看了一眼,刚要拒绝,想了想又说:"去,不过天黑了,路不好走,给三十元送你去,嫌贵就算了……我们回家还得赶几十里路呢。"

五里多的路要三十元,分明是在"宰"人,可到了这步田地,肖克怀也只好认了。他先将老伴扶上车,把手中的小提包交给她，又转身把大提包搬上去，然后拉开车门上了车。司机也上了车，倚在驾驶座上抽起烟来。

这是一辆红色夏利轿车，还没挂上牌子，车内的座位、设施都是新灿灿的，一看就是刚用不久的新车。一向偏爱汽车的肖克怀摸摸这、看看那，禁不住问司机："伙计，刚买的吧，多少钱？"

司机叹了口气说："七万多。俺两口子多年攒的钱都扔上了，还拉了三万多块钱的债，也不知哪天能挣回来。"说罢，他又闷闷地抽起烟来。

肖克怀听了司机说的欠债的话，猛地想起自家为女儿、女婿借的债，他用胳膊碰了碰老伴，低声说："把包放放好。"

老伴拍了拍手中的小提包，说："放心吧，这么多的钱，我哪敢大意！"

老两口低声嘀咕的话，被那司机听得清清楚楚，他偷偷回头瞟了瞟小提包，说道："打点水怎么这么磨蹭！"说着，他推开门下了车。其实桥下没有水，那女人沿着山沟走，找到了一个废弃的抽水机房，这才见到一个小水洼。

司机找到那里，关掉手电，拉着女人在机房边蹲下，低声说了几句，女人惊得一下子站了起来，小声说："那不行，让人抓住是要蹲大牢的。"

"不这么干，咱的债怎么办？这可是老天爷送给咱还债的钱啊！"停了停，司机又安慰女人，"别怕，三官岭上的案神仙也破不了，不用你动手，看我的就行了。"

两人低声商量了一会，司机拎起水桶，和女人急急忙忙地往回走。

加满水，司机发动了车，慢慢地驶上去吴家村的路。突然，他又把车转了一圈，车头冲着公路停了下来，司机关闭了发动机，走下车，对肖克怀老两口说："车坏了，我修一修，你们先下来等一等吧。"

那女人也跳下车，拉开后车门，对肖克怀的老伴说："大娘，我扶您下车，东西放车上不要紧，一会儿就好了。"

肖克怀忽见司机关闭了发动机，钥匙还挂在锁眼上，他愣了愣，又听司机说车坏了，不由得起了疑心。他见老伴被那女人扶着下了车，连忙抓起小提包，紧跟着下车走到老伴身边。司机和那女人本来商量好，把两个老人骗下车后，他们带着老人的钱物开车溜之大吉，现在肖克怀提着装钱的小包下了车，司机就没辙了。

一计不成，就来第二招。司机从车里抽出一把大扳手，慢慢走到肖克怀面前，"嘿嘿"一笑说："咱明说了吧，我买车借的钱债主催得急，你手中的钱，我想借来用一用。"

肖克怀"哼"了一声："我和你素不相识，你凭什么向我借钱？"

司机冷笑着说："今天这钱你借也得借，不借也得借，别敬酒不吃吃罚酒。"说着，他举起了手中的扳手……

肖克怀怕伤着老伴，忙退了几步，气愤地质问："你想干什么？你抢劫就不怕坐牢？"

司机吼着说："你放明白点，这是三官岭，出了事神仙也查不出来。快把钱交出来！"

这时，那女人也走过来，她按下司机举着的扳手，说："老人家，你别犟了，快把钱扔过来吧。"

肖克怀看看老伴，黑暗中见她瘫坐在地上，知道她吓坏了；他又四下望了望，周围漆黑一片，知道现在即使大声喊叫也不会有人听见。他正着急地想办法，司机和那女人却一步一步地逼了上来，肖克怀抱着提包慢慢后退，渐渐地退到了沟边，已经无路可退了，肖克怀心一横，对司机和女人大声说："我俩都是七十多岁的人了，也没多少年活头了，今天就是死在这儿，公安局早晚能破案，有你们两个年轻人抵命够本了。这钱你们别想得到，我扔大沟里，你们等到天明找去！"说罢，他一甩手将小提包扔到了大沟里。

"你这个老东西……"司机气急败坏地骂着,举起扳手就往上扑。

女人一把拽住他:"别着急,咱车上有手电筒。"说完,她转身跑到车上找来了手电筒,对司机说:"快跟我去找,从刚才咱打水的小道下去。"两人急匆匆地向沟下跑去。

肖克怀见两人下了沟,连忙跑到老伴身边,连搀带拉地把老伴拖到车旁,拉开后车门,把老伴推上车,自己坐到驾驶座上,把四个车门锁好……

司机和女人在沟里找到了小提包,打开一看,是厚厚的两叠钱,两人正乐得合不上嘴,忽听汽车发动的声音,嗨,他俩哪里想得到肖克怀是开了几十年车的老司机呀!两人慌得连滚带爬地跑上沟来,跑到汽车前,拉车门拉不开,砸玻璃又舍不得,只好追着慢慢开动的汽车,拍着车窗,大声地嚷着,这回呀,说的可全是好话!

肖克怀将车开上了公路,渐渐提了速。他将车门玻璃摇下一点,对后面跑得直喘气的一男一女喊道:"别追了,四条腿撵不上四个轮子。今晚我把车子放到县公安局,明天上午我在那等你俩,来不来由你们。"说完,他哈哈大笑,脚下一踩油门,汽车箭一样地驶向远方……

（尹洪林）

（题图:箭　中）

毒罐头

罗西最近总是和婆婆发生争吵,虽说都是因为一些鸡毛蒜皮的小事,可两人谁都不肯原谅谁。刚结婚的时候,罗西就跟丈夫比尔提出要和婆婆分开来住,可比尔每次都搪塞过去。现在,罗西终于忍不下去了,她准备自己和婆婆摊牌。

这天晚饭以后,比尔坐在沙发上陪他的母亲杰米森夫人聊天。罗西从厨房端出了三杯咖啡,也坐到了沙发上。

罗西一边递上咖啡一边说:"妈妈,我和比尔想搬出去住,我们会在附近找一所房子,这样可以常常回来看您。"

杰米森夫人听到这话,显然有点吃惊,但随即又笑了起来,说:"这想法太荒唐了!这房子很大,为什么要搬出去呢?罗西,亲爱的,你一点也不懂家务,至少等我教会你以后再离开吧。比尔已经习惯了舒适的生活,我觉得他一定愿意住在这儿。"

罗西立即把目光转向了比尔,她等着比尔说他宁愿跟她在一起,享受两人世界的快乐,饭菜不好吃一点儿也不重要。可比尔避开了罗西的眼光,轻声说:"妈妈可能是对的,我们最好还是先住在这儿,直到你学会管理家务为止。"

罗西知道,这不是真正的原因,真正的原因是比尔从小没有父亲,他很敬畏自己的母亲,也习惯了按照她的话去做。罗西很爱比尔,她不想让他为难,于是决定再忍耐一段时间,把家务全都学会,再找个中介把房子找好,到时候让杰米森夫人没话说。

一个月以后,罗西又旧事重提。晚饭时,她说她已经找到了房子,并把那栋房子的情况说了一下。杰米森太太起先不说话,过了一会,她掏出一块精致的手帕,开始默默地流眼泪。

她抽泣着说:"我本来以为你们在这里住得很愉快呢。"

比尔显然吓坏了,连忙走过去说:"我们的确很愉快,妈妈。"

杰米森夫人抬起头,伤心地问:"那你们为什么要离开我?"

罗西立即解释说:"妈妈,年轻人应该有自己的生活,尤其是在结婚的开始几年。"

杰米森太太根本就不搭理罗西,她一直在对着比尔流泪。罗西知道,这是婆婆老一套的把戏,在比尔面前,她总是这副可怜的样子。

比尔终于屈服了,他轻轻地拍着母亲的肩膀,向她保证决不会搬出去住。

比尔送杰米森夫人回卧室休息了,客厅里只剩下罗西一个人,她已经绝望了,她知道自己说服不了比尔。

第二天早上,罗西没到餐厅去吃早餐,她宁愿一个人在房间里听广播。

"现在播报一条重要消息,"新闻播音员说,"有一批金枪鱼罐头被送到城区商店,经检查,发现其中一些罐头有毒。商店货架上的罐头都已被送回罐头厂，但在此之前，有少量罐头已经售出。我们敦促所有的家庭主妇马上检查家中的金枪鱼罐头，这种罐头的牌子是'海浪'，这批罐头的系列号是 W357。请把罐头送回原购买的商店，你会得到退款。我们重复一遍，不要使用海浪牌金枪鱼罐头，系列号是 W357，否则会有生命危险。"

罗西打算去厨房看一下，她前几天刚买了一打这个牌子的金枪鱼罐头。罗西来到厨房，果然发现了三盒系列号为 W357 的金枪鱼罐头，她顺手把它们装进了一个纸袋，准备丢到垃圾箱里，但就在那一瞬间，她突然冒出了一个念头，这个念头让她自己都大吃一惊：假设她没有听到那个广播，假设全家有一个人吃了金枪鱼罐头，假设这个人恰好是婆婆……想到这，罗西兴奋起来，她爱比尔，一直希望和比尔有自由的两人世界，现在终于有办法实现了。

这天晚上，罗西做了三个干酪蛋糕，每人一个。然后，在杰米森夫人的盘子里，她添上了一份金枪鱼，上面浇上调料，在自己和比尔的盘子里，则放了虾酱。当罗西把晚餐端到桌上时，她的心"怦怦"地跳个不停。

"你还记得我不能吃虾，真是太好了，"杰米森太太微笑着，很客气地说。很显然，她把罗西的举动看成是对昨晚事情的道歉。

罗西整个晚上都坐立不安，她不知道罐头中毒要过多久才会发作，可杰米森夫人直到回房睡觉之前，看上去状态都很好。

第二天早餐的时候，杰米森太太的房间没有响动，她通常都起得很早。罗西经过她关着的房门匆匆跑下楼，到厨房去煮咖啡，她告诉自己要镇定，但当她走进餐厅的时候，手中端着的咖啡壶还是差点儿掉到地上。她看到比尔正为他母亲拉开椅子，让她坐下，她精神很好，仍然穿着她的天鹅绒睡袍。

罗西焦躁不安地吃完早饭，就立刻开车去图书馆，查阅有关罐头中毒的资料。原来这种有毒的罐头被吃下去以后，要过 18

到36小时,身体才开始发生病变,另外,并不是每个有问题的罐头就一定含有有毒的微生物。罗西还有一点意外收获,她得知罐头中毒是很难诊断的,看上去更像是某种急症。

现在罗西明白是怎么回事了,昨晚她给婆婆吃的那罐金枪鱼恰巧并不含有毒微生物。她庆幸自己没把剩下的两罐扔掉,而是把它们藏在了自己的衣柜里。

为了避免嫌疑,两个星期后,罗西才又做了一次虾酱晚餐,她当然没有忘记为不吃虾酱的婆婆单独做一份金枪鱼,罗西把调味料做得非常可口。

罗西耐心地等着。直到第二天晚饭后,杰米森夫人坐在客厅的沙发上看书,突然,她抬起了头,很疲惫地说:"我不知道自己是怎么回事,我的眼睛无法看清书上的字,我想我最好躺一会儿。"

杰米森太太回到了卧房,再也没有起来,第二天,医生为她开了死亡证明,说是死于急性肺炎。比尔和罗西为杰米森夫人的后事忙了整整一个星期,很多人参加了葬礼。

葬礼结束的那个晚上,罗西体贴地对比尔说:"亲爱的,我们是不是应该离开一段日子呢?你请几个星期的假吧,我们可以去巴黎,第二次度蜜月。回来后,我要把整个房子全部重新布置,让我们忘掉伤心的事,开始新的生活吧。"

"我已经告诉公司我要离开,"比尔平静地说,"但是,我想一个人去旅行,罗西。如果我是你的话,我不会动这栋房子的,我已经委托物业公司卖掉它。我会给你一大笔钱,你不是一直想搬出去住吗?现在可以了。"说完,比尔从抽屉里拿出了一份签了他名字的离婚协议书。

"比尔!"罗西惊恐地叫着,她突然想起在她的衣柜里还有一盒毒罐头,难道比尔看到了?"比尔,原谅我,我是因为爱你才这么做的!"

"罗西,镇定一点,我很抱歉,你没做错什么,是我觉得厌倦了。多少年以来,我一直梦想摆脱母亲的束缚,现在我自由了,我也厌倦了你和母亲的争吵,我看透了女人,再不想让第二个女人剥夺我的自由。"

罗西万万没有想到,她处心积虑地除掉了婆婆,反而彻底地失去了丈夫。

（李　萍　改编）

（题图:箭　中）

买辆摩托等你偷

　　有两个街头小混混,一个叫二狗,一个叫中熊,最近他们看了一部关于反间谍的小说,别的没记住什么,小说里写到的一种用定位仪和跟踪器窃取情报的方法,倒让他们想入非非,他们想用这个现代化的玩意儿,开发一条新的生财之道。

　　定位仪并不难买,价格也不贵,而且小巧玲珑,安装非常方便。可光有定位仪还不行,得与跟踪器配套使用才有用。他们动了点脑筋,把这两样东西买齐后,又不惜重金去买了一部崭新的 250 型摩托车,这才是花大钱的地方。二狗说他是穷鬼,家里没钱,只能鞍前马后跑腿出力,最后分钱的时候,他愿意少拿。中熊对此也不计较,很爽快地回家拿了三万块出来,一辆崭新的摩托就这样推了回来。

　　道具都齐了,事不宜迟,他们觉得该马上动手。

　　这天晚上,两人将新摩托车停到一条行人稀少的马路上,然后假装忘了上锁的样子,大大方方地走了。不多一会儿,他们通过跟踪器发现,新摩托车已经开始飞快地移动了。哈哈,真没想到这么快就有鱼上钩。

　　大概过了四十多分钟,跟踪器上的红点停在一个地方不动了,说明偷车贼已经回到了窝点。二狗和中熊很快查出地址,立刻行动,他们骑上另一辆备用摩托,在跟踪器的指引下,很快就找到了那辆新摩托车。人赃俱获,那窃车贼除了束手就擒,别无他法。

　　二狗于是狠狠踢了小偷一脚,说:"这事兄弟也不想搞大,你看是去派出所呢,还是私了?"

　　小偷一听要送他去派出所,吓得浑身直哆嗦,战战兢兢地问:"怎么个私了法?"

　　"算了,看你也不像是老手,我们也只是想给你个教训,你就交一千块钱吧!"小偷看二狗凶神恶煞的样子,便从枕头底下翻出一个信封,很不情愿地从里面抽出十张百元大票,交给了他。

　　走出门后,二狗把十张票子中的六张塞到中熊手里。中熊这下算是服了二狗了:自己出钱,二狗出力,这么分,也算公平;再说,那本间谍书还是二狗给推荐的呢!这么想着,中熊就又从六张票子中抽出一张,给了二狗,二狗也不多推辞。

　　趁热打铁,第二天中午,两人又将车停到了一家电影院外面,还是故意不上锁。待看罢电影出来,打开跟踪器一看,哈哈,真是巧了,又是上次那个小偷偷去了,车子竟又停在老地方,两人赶紧打的赶去。

　　那小偷没想到这两人犹如神兵天降,又出现在他面前,小偷一副迷惑的样子,像做梦似的。因为这次是再犯,二狗和中熊就把罚款金额涨到了两千,两人拿了钱就骑上摩托走了,把个小偷傻呆呆地扔在了那里。

二狗和中熊再次得手后,高兴得不得了,当即去了一家娱乐城,叫上两个小姐。等他们云里雾里之后再出来时,那辆故意不上锁的摩托车自然又丢了。两人赶紧拿出跟踪器,发现这次是被一个新小偷拿走的,摩托车竟然藏在离这儿不到三公里的地方。两人不觉相视一笑:又有笨蛋上钩了!

可是,当两人在跟踪器的指引下找到藏车地点时,却愣住了:这儿竟是一家公共厕所!他们走进去一看,哪有摩托车的影子,只在角落里找到了安装在摩托车上的定位仪,旁边墙上还贴着一张匆匆草就的纸条,上面写着:事不过三!两位大哥,摩托车我收下了,你们的定位仪还给你们,欢迎再去选购新车。落款是:三盗250的小偷。

二狗和中熊面面相觑,赶紧去小偷住的地方,自然,别说摩托车,连小偷的影子也见不着了。二狗捶胸顿足,大骂那该死的小偷,可最苦的是中熊,他花三万块钱买来的摩托车,折腾来折腾去,结果相当于三千块就卖了。这事又不能报警,他们只能打掉牙往肚里咽。

几天以后,在一家酒店的包房里,二狗和那个小偷正称兄道弟你一口、我一口地在喝酒。

只听二狗说:"牛丁,你的演技还真不赖啊!"

牛丁得意地说:"二狗哥,那辆车我已经卖了,扣除成本,这是你的一万块,你数数。"

二狗接过钱,也不数,大大咧咧地像塞一块小砖头一样把那扎票子塞进了口袋:"来,牛丁,为我们的旗开得胜,干杯!"

"干!"牛丁一口把一杯五粮液倒进了喉咙,用袖子一抹嘴,说,"二狗哥,我这个主意不错吧?中熊那小子后来有没有怀疑过你?"

二狗不屑地说:"就他那破智商?一辈子也想不到我这儿

来,你放心吧!"

　　牛丁一听,点点头,说:"太好了,二狗哥!,你再去物色一个家里有钱的混混,把那本间谍书再推荐给他,接下来的事情,我来搞定!"

　　"好,一言为定!"两人哈哈大笑,"干!"

　　"干!"

　　两人正干得起劲,但是他们没想到,警察已经接到举报,在包房外等着他们了⋯⋯

(何洪金)

(题图:安玉民)

表声滴答

　　这天,有个叫奎斯的商人开车从英国伦敦去法国巴黎。一路上,他心里像烧着一把火,起因是最近走私的一批手表竟是假冒伪劣产品,制造工艺十分粗糙,时针走了吧秒针不动,秒针动了吧时针又不走,这让他赔了一大笔钱。

　　给他这批货的,是巴黎的一对兄弟,哥哥叫马斯尔,弟弟是个弱智。兄弟俩表面上经营着一个小小的首饰店,暗地里却走私手表,奎斯是他们的大客户。奎斯琢磨好了,这次要把他们臭骂一顿,出出心头这口恶气。

　　果然,一到巴黎,奎斯见到马斯尔兄弟就劈头盖脸大骂起来。

　　马斯尔站在那里毕恭毕敬地低着头,一直等到奎斯骂完,才连连给他打招呼说："对不起,对不起! 不瞒您说,当初这批货是我弟弟接的,那天我正好不在,确实不知道会发生这么不愉快的事。我发誓,这次一定保证质量!"

马斯尔好说歹说,才让奎斯消了气。马斯尔告诉奎斯,这次他订的货,明天就到。

然而第二天,货并没有到;第三天,还是没有到。

到了第四天,奎斯等得不耐烦了,气急败坏地嚷道:"怎么搞的? 我本打算赶今天早上第一班轮渡走的,可现在计划全泡汤了。哼,如果你们今天再耽搁,误了我的大事,你们得赔偿我的损失!"

说完,奎斯气咻咻地走进一家酒吧,在那里一边喝酒一边消磨时间,时不时地打电话催问马斯尔。一直到晚上 6 点,他总算接到了马斯尔的电话,说是货到了。

奎斯赶到马斯尔那里的时候,马斯尔正带着他的弱智弟弟在忙碌。

马斯尔见奎斯来了,热情地招呼说:"您先喝杯咖啡,今晚就在我们这里好好休息,我保证明天凌晨四点以前把货给您装上车,不误您赶第一班轮渡。这次我们保证质量,装车以前,会仔细检查手表的每一颗螺丝。"

马斯尔说完,把奎斯安顿了之后,又继续忙开了。兄弟俩一夜没睡,到第二天凌晨 4 点差一刻的时候,他来通知奎斯,一切准备就绪。

虽然晚了几天,但毕竟没怎么耽误计划,所以奎斯心里仍然很高兴。接下来,他顺利地通过法国海关,将车开上了轮渡甲板,然后走进船舱,悠闲地点了一杯浓浓的咖啡……

轮渡很快就驶到英国的多佛海关,就像往常一样,奎斯站在自己的车边,一边接受检查,一边故作轻松地和那些官员逗乐说笑话。

就在这时候,突然传来一阵巨大的汽笛声响。

这是怎么回事?

原来,第一次世界大战刚刚结束,英法等国家订立了停战日,规定每年的这一日这一刻,全国都要拉响汽笛,为在战争中的死难者默哀2分钟。2分钟之内,周围的一切都沉静下来,就连树上的鸟儿也似乎停止了鸣叫。

奎斯站在自己的车旁,和周围的人一样,低头默哀。

但就在这静默之中,突然传出一阵"滴答滴答"的钟表声。海关官员惊讶万分:"这是什么?"顺着响声,他们找到了奎斯的车。

奎斯吓得脸都白了!为了躲避海关检查,奎斯把他的车改装过了,他在车里设置了一个夹层,专门藏走私手表。本来从外表看,一点不露破绽,然而今天上千只手表在静默时同时发出的"嘀答"声,让他露出了马脚。

这是马斯尔兄弟干的好事!他们为了想让奎斯知道所有的表都走得很好,特地给每只表都上足了发条……

（吴会艺）

（题图:李　加）

生日晚宴

　　茜妮是一家服装公司的设计师,两年前嫁给比她大 20 岁的富翁金先生。

　　对茜妮来说,工作爱情都很满意,但美中不足的是,金先生前妻留下的女儿美娜,却让她伤透了脑筋。在结婚的头一年,茜妮曾经千方百计地接近美娜,但美娜却认为世界上只有自己的生母最亲,根本不接受茜妮这个后妈,常常在亲友面前搞得她下不了台,而金先生又特别宠爱美娜,什么事儿都迁就她,这更使茜妮的怨怒越来越深。

　　转眼,美娜十八岁了,金先生决定邀请所有的亲朋好友以及美娜的同学,准备星期天晚上在自己的别墅里举行一个盛大的生日晚宴,好好为美娜庆祝一番。

晚宴的前一天,也就是星期六一大早,金先生推醒熟睡的茜妮,兴奋地挥挥手里的两张飞机票,说:"亲爱的,咱们去首都给美娜买点生日礼物回来,明天可以让她大大地惊喜一下! 快点起来吧,亲爱的!"

茜妮听了,心里像揉进了一瓶五味酱,别提是什么滋味了,但还是强颜欢笑地起床,和丈夫一起去机场。

在繁华的首都,金先生给美娜买了许多东西,但他仍意犹未尽地东瞧西望。

忽然,他看见一家时装商店的橱窗里,模特儿身上有一件藕荷色的晚礼服,非常抢眼,他拉着茜妮上前仔细一看,原来这件晚礼服的设计和制作都出自名家之手,款式非常别致,金先生立刻让茜妮到商店里去试穿,还说,茜妮的身材和美娜差不多,如果茜妮穿着好,美娜一准错不了。

果然,茜妮将这件晚礼服穿上身之后,看着镜子中的自己,那真是典雅大方,尤其是礼服上那条设计绝妙的绸带,更是将她衬托得妩媚动人又不失端庄高贵。这么美丽绝伦的礼服,为什么丈夫就只想到给美娜呢? 对着镜子,连茜妮自己都能感觉得到自己脸上勉强的笑容和眼中的妒火。

当她恋恋不舍地将晚礼服换下后,一眼看到金先生已经付了款,正笑吟吟地让商店服务小姐挑选一个精美的大礼盒,把晚礼服放进去,这时候,她心中的妒意更浓了。

当天晚上,金先生和茜妮回到了家里。

茜妮在卧室里,听到走廊传来金先生和美娜的说话声。

只听金先生对美娜说:"宝贝,刚才道斯先生打电话来,明天约我去谈点生意上的事,非常重要,我必须得去,我会尽量早点回来,晚宴的准备,就交给你和茜妮了,哦?"

"不,我不干!"美娜尖叫起来,"我才不要那个土包子来准备呢,她只会把宴会弄成像小孩子过家家!"

金先生有点无奈："美娜，你怎么可以这么说呢？不管怎么样……"

金先生话还没说完，这时，响起了仆人的声音："小姐，刚才伯特少爷来电话，问他明天是否可以早点来，他想来给您帮忙。"

美娜一听，立刻欢呼起来："当然可以！我这就去给他回电话！"说着，也不管金先生还有没有话要说，就顾自跑下楼去了。

美娜一句"土包子"，让茜妮顿时怒火中烧，但是，刚才仆人口里的"伯特少爷"，又让茜妮脑子里闪出一个念头。

茜妮见过伯特，这个刚跨入大学校门的小伙子，无论从哪方面来说，对年轻的女孩子都有着不可抗拒的吸引力，美娜尤其在意他，在他面前总是表现得特别温柔乖巧，如果出了哪怕一丁点的小差错，她都会自责伤心好几天。想到这里，茜妮不由朝房间里的大衣柜瞟了一眼，嘴角浮出一丝不易察觉的微笑——那件从首都时装商店买来的出自名家之手的晚礼服，就在那里。

星期天整个上午，茜妮都静静地呆在自己的卧室里，她根本不去过问关于晚宴的任何事情，任凭美娜在客厅里指挥这、指挥那的。吃过午饭，茜妮推说要做头发匆匆出了门，直到晚上客人几乎全到齐了，她才回来。她一边和客人寒暄，一边赶紧上楼去换礼服。

正在这个时候，金先生赶回来了。金先生跟着茜妮上楼进屋，他搂着茜妮，附着她的耳朵小声说："亲爱的，我为你挑选了一件礼服，你肯定喜欢，肯定！"说完，他转身从大衣柜里捧出一个精美的大礼盒，微笑着打开。

茜妮惊呆了，因为呈现在她眼前的，就是那件藕荷色的晚礼服。

金先生感慨地对茜妮说："其实这件礼服是特意为你买的。这两年，美娜给你添了不少麻烦，我又整天忙生意上的事情，都没有时间陪你出去逛街。昨天我一看到这件礼服，就觉得像是专门为你量身定做的,我想到时候给你一个惊喜,所以当时故意没有对你说实话。呵呵,现在你快穿上它吧,咱们一起下楼去,让大家看看我有一个多么美丽的妻子。啊,他们该嫉妒我了!"

这时,门外走廊上传过美娜银铃般的笑声,她被朋友们簇拥着下楼了。

楼下随即响起欢快的乐曲,茜妮知道,等音乐结束,金先生和她作为晚宴的男女主人,就该出场了。可是茜妮望着晚礼服,呆若木鸡。

原来,茜妮以为金先生今晚会让美娜穿着这件晚礼服出场。而昨天在试穿礼服的时候茜妮就发现,这件礼服的上半部分完全是靠那根别致的绸带来维系的,作为服装设计师的茜妮知道,只要在绸带缝线上稍稍做一点手脚,那么绸带是经不住剧烈动作拉扯的,于是茜妮上午就这么干了,她想让绸带在美娜跳舞的时候断开,让她在众宾客,尤其是在她的男友伯特面前大出洋相。可是,没想到……

金先生见茜妮愣着,急切地说:"茜妮,你愣什么呢?快换上啊,要来不及了呀!"

茜妮茫然地看着丈夫,不知所措……

(徐庆琳)

(题图:箭　中)

真假题词

小葛是秀水乡文化站的站长,这天乡里交给他一项重大任务,去县城装裱省长写给乡党委的亲笔题词。

上个月,省长来偏远的秀水乡视察时,一时来了兴致,挥笔题词:山肥水美康庄道,柳暗花明处处春。对于秀水乡来说,省长亲临视察,已是乡里的头桩大事,又题了词,更是大事中的大事,这是对全乡工作的充分肯定啊!于是乡党委书记立刻指示,将省委书记的题词从速装裱,挂在党委会议室里。

书记把任务交给副书记,副书记又把任务交给秘书小葛。省长的亲笔题词递到小葛手里的时候,副书记再三关照:"时间一定要抓紧,质量一定要最好!"

小葛领到任务,不敢怠慢,第二天天还没亮透,他就扔下怀里的新婚娇妻,带上省长的题词赶早车直奔县城。

到了县城,小葛看看时间还早,街上除了几家点心店,其他店都还没开门,于是他便熟门熟路来到乡里设在县城一家名叫"同福酒楼"的招待所。

小葛是乡里的干部,到了酒楼,服务员自然不敢怠慢,尽管一大早,也美酒佳肴地伺候。小葛心想,不吃白不吃,加上一大早赶车,出来时空着肚子,这会儿他早已饥渴难耐,所以酒菜一上桌,他就不客气地大嚼大咽起来,只一会儿工夫,一瓶酒就底儿朝了天。

看看时间还早,估计街上的店铺还没开门,小葛忍不住又让服务员拿酒来。他对自己说:"喝就喝个爽快,索性把中午饭一起吃了,待会儿办完事就抓紧时间回去。"服务员看他酒兴这么浓,也越发起劲地给他添酒加菜。

小葛平时在乡里是伺候领导的角色,现在成了被别人伺候的大爷,那感觉真好,所以他越喝越兴奋,喝到后来,就仿佛到了云里雾里。

毕竟重任在肩,小葛知道自己不能再喝了,几个小笼包下肚之后,他一抹嘴就奔街上那家最有名的装裱社。和老板讲定了价钱和交货时间后,他打开随身带着的包,准备将省长的题词取出来。谁知这一开包,不好,他发现题词不见了!

明明放在包里的东西,怎么会不见了? 小葛顿时惊出一身冷汗,他里里外外地翻,把包底儿都兜了个遍,就是没有省长题词的踪迹。这到底是怎么回事?

小葛抠着脑壳使劲想啊想,也没想出来问题到底出在哪里。莫非是刚才酒楼服务员趁自己喝酒时将省长题词拿走了? 可他们要这东西干吗? 况且题词在自己包里,他们怎么会知道? 但除此,不可能再有第二个可能了啊? 于是小葛一跺脚,转身就往酒楼跑。

服务员见小葛脸色惨白地又来酒楼,吓了一大跳,待弄清楚他是找东西来的,而且是省长的亲笔题词,不由都紧张起来,纷纷说:"葛秘书,你可别吓我们啊?"

倒是当时专门在包房为小葛斟酒上菜的那个服务员心里一激灵,问小葛:"葛秘书,你……你早上……不是打翻过一碗汤,汤水都差点儿要流到你身上了?我正好进来,看到你随手拿起桌上的一张纸在擦,会不会就是这张……"

"你说什么?"小葛顿时愣住了,"我用纸在擦?我把汤打翻了?"小葛带着哭腔喊起来。好像……他想起来了,自己喝酒时好像是把省长的题词从包里拿出来独自欣赏过,因为喝得兴奋了,好像手舞足蹈时打翻了汤碗……难道真是自己喝酒喝糊涂了,把省长的题词拿来擦桌子了?自己怎么会干下这等糊涂事?他于是拉了服务员就往后院垃圾桶跑,上上下下把桶翻了个底朝天,也不见片纸影儿。

厨师见他们这副慌慌张张的样子,过来问:"你们在找什么呀?"

小葛说:"纸,你看到……"

厨师一掀鼻子:"纸?我刚刚引火倒是在这里拿过一张纸。哼,纸丢到这种泔脚桶里,就是找到了还有什么用?湿漉漉……"

小葛一听这话傻眼了,神志顿时清醒过来:是呀,就是找到了,也没法拿去装裱,更别说回去交代。唉,完啦!自己这秘书怕是干到头了。

小葛只好垂头丧气地回到乡里,贼一样地贴着墙根溜进家门。闷闷地吃完晚饭后,睡在床上才给老婆说了实话。小两口惶一阵、恐一阵,直到后半夜,他那当小学教师的老婆终于想出了一条妙计:"你不会仿着省长的字,再写一幅?"

小葛一听,顿时从床上一跃而起,"对啊,这个办法我咋没想到?"小葛对书法略懂一二,平时有事没事地也爱临帖写几张,拿到省长的字时,他还琢磨过好一阵子呢。可再一想,省长那字,柳神颜体,很有功底,自己哪能及得上啊?

可老婆极力给他鼓劲,老婆说:"写个大体像就中,又没有真比着,谁能认得真假?"老婆像是给学生上课一样,给他又分析又比划,说索性来个瞒天过海,说不定还能死里逃生。

到了这地步,小葛也只好死马当作活马医,于是就立刻翻身下床,找出毛笔和宣纸,伏在桌上写了一张又一张,一直写到天快亮。那字儿,猛一瞅和省长的还真有点像,可仔细一看就露拙了,小葛愁得直叹气,老婆却啧啧地夸:"好字,好字,就是省长的字。"

好也罢,孬也罢,反正是逼上梁山,在老婆的鼓励下,趁着天还没亮,小葛挑了一幅满意的就又偷偷赶车进了城。这回他老实了,在装裱社门口等啊等,一直等到开门,和老师傅把装裱的事谈妥。

俗话说,人是衣裳马是鞍。这"省长题词"经全绫一裱,上下挂了名贵的檀香木轴儿,竟生出一派大手笔气势,让人一看,不由得肃然起敬。这中间,乡党委书记碰到小葛的时候,直接催问了好几次,说县里马上要在乡里开现场会,叫小葛到时不要误事,小葛把胸脯拍得"梆梆"响。

可不知怎么,小葛总觉得直接给自己任务的那个副书记老是吊着张脸,有时候还冷笑一声,莫非他知道了什么? 这让小葛的心吊到了嗓子眼儿。

小葛的不祥预感并非多余,只是他绝对想不到,那幅真正的省长题词其实安然无恙,而且就在副书记手里。

说来也巧,那天小葛喝醉酒,前脚刚离开同福楼,副书记后脚就进来了。他来,当然不是找小葛,他是昨晚就来和酒楼里当服务员的小情人鬼混的,今天便堂而皇之地摆出一副检查工作的架势,在酒楼里东瞅瞅、西看看,当他发现省长那张题词居然丢在后院垃圾堆上,大吃一惊,不动声色地用手帕把纸上的汤渍擦干净,装进了自己的包里。他的小舅子早就看中小葛做的秘书差事,就愁抓不到除掉他的把柄,这回机会来了。

一个星期之后,县里一个关于山区开发典型的现场会果真要在乡里召开,与会的除了县里的领导,就是各乡镇一把手。

头天,副书记就催小葛快把题词挂出来,其实裱好的省长题词小葛早拿来了,只是心虚,不敢早早挂,这回是无论如何也要"赶鸭子上架"了! 一直憋到第二天一早,小葛实在没办法了,只好硬着头皮,把裱好的省长题词卷轴挂上了乡党委会议室的正墙。

刚挂好,就见副书记手里拿着一卷纸走进来,他看了一眼挂上墙的卷轴,然后把手里的卷纸在桌上展了开来,冷冷地说:"哼,你一个小秘书,胆子真不小呀,竟敢以假乱真糊弄我? 你看看,这是什么? 告诉你,真正的省长题词在我手里,至于怎么搞得这个样子,你自己心里清楚。你现在赶快给我把那假的摘下来!"

小葛做梦也没有想到丢失的真题词竟会落到副书记手里,心里连连叫苦:完了,完了,啥也不用多说,就等着滚蛋吧! 他正要踩上凳子去摘墙上的字轴儿,就听外面院子里一阵车流的骚动,有人喊:"县长来了!"

话音刚落,县长已经领了一帮干部踏进门来,一看迎面正墙上的字轴儿,啊,还是省长题的呢,立刻向大家招呼道:"来来来,大家先来看看咱省长的题词。"

小葛慌了,赶紧要摘,县长以为他是想换地方挂,就阻拦说:"哎,小同志,别换别换,就挂这个位置,我看很好嘛!"

"县长……"副书记上前一步,讷讷地说,"县长,这字儿……"

"哈哈,咱省长的题词,很好啊!"县长抢过话头,接着从头至尾认真地把题词吟咏一遍,手一拍,称赞道:"好!好!你们看,咱省长这水平!看文,古为今用,有重要的现实意义;看字,稳实有力,落笔千钧,真是字如其人哪……"

越来越多的人簇拥着县长,在省长题词前竞相称赞。在众人的称赞声中,站在一旁的副书记和小葛都傻了眼。

突然,县长发现了展开在桌上的那张被汤渍弄脏了的省长的真题词,他不明就里,笑着问副书记:"噢,这一张是你临摹省长的吧?"

副书记哪敢明说,只是"嗯嗯"地支吾着。

县长略略扫了一眼,说:"嘿,像!有点像!只是比省长的字嘛——还是嫩了些,对吧?到底还是墙上的老辣呀!哈哈哈……"

副书记只好苦笑着附和:"嘿嘿,我这两下子哪比得上咱省长……"说着,他抓过那题词揉成一团,迟疑了一下,便使劲扔出了窗外……

（岳春辉）

（题图:谭海彦）

替身丈夫

　　深圳有个打工仔,姓高,因为才能出众,相貌俊朗,一个偶然的机会,让他后来成了一家香港公司老总的乘龙快婿,并且执掌总公司旗下在深圳一家分公司的帅印,成为当地"虾子跳龙门"的典型。

　　但高老板发迹了之后,生活渐渐出了轨,他包养了一个二奶。这二奶名字叫阿秀,才二十来岁,几年前来深圳找工作,结果被人骗了,走投无路之下,极不情愿地做了高老板的二奶,并且有了孩子。

　　高老板把阿秀和孩子养在郊外一幢小楼里,还专门派心腹把守楼门,任何人不准接近。一晃三年过去了,三年里,尽管高老板使出浑身解数,把保密工作做得慎之又慎,可是纸终究包不住火,他身居香港的精明太太还是发现了蛛丝马迹。

那天晚上,高太太从香港打电话过来,盘问高老板:"最近几天,坐在你车里的那个女人是谁?"

高老板是个聪明人,知道硬不承认事情只会越发糟糕,灵机一动,便想到了给自己开车的司机章平,他对太太说:"我一直很忙啊,哪有时间玩什么女人?你说的是不是章平和他老婆?章平老婆最近就在深圳啊。"

高太太可不是好骗的,立刻在电话那头教训高老板:"你忙?居然和那妖精忙到海边沙滩上去了?哼,我手里有你和妖精带着小贱种玩的照片,看我明天过来怎么收拾你!"说完,"啪"把电话挂了。

高老板放下电话,出了一身冷汗,思来想去,火速把章平叫来,关照说:"章平,我太太已经知道我和阿秀的事了,她手里还有我们去海滩的照片,看样子她是请了私家侦探在跟踪我们。刚才我在电话里对她说,阿秀是你的老婆,你记好了,明天如果她真的追过来问,你千万别给我说漏了嘴。"

章平点点头:"老板,我会按您说的说。"

到了第二天,高太太果真杀气腾腾地从香港赶过来了,她在公司门口堵住了高老板的车。她没理高老板,直接问给高老板开车的司机章平:"听说你老婆来了?这次我过来,没别的事,就是想跟你老婆见个面,你不会不给我面子吧?"

章平道:"哪能呢?可是我老婆出去玩了,这会儿不在。"

高太太说:"那好,我等着她,今天晚上我请你们一块儿吃顿饭,到时候,你可别跟我说她已经回家了。对了,还有你们的孩子,把孩子也一起带来吧!"高太太把"孩子"两个字说得很重,说完,又狠狠地瞪了旁边的高老板一眼:"晚上这顿饭,你非陪不可!"

高太太说完,就气呼呼地走了。章平望着她的背影,小心翼翼地问高老板:"怎么办?"

高老板沉思良久,发话道:"吃饭就吃饭! 不过,得教教阿秀,不然到时要露馅。"

两人立即驱车来到郊外小楼,章平在楼下等着,高老板独自上楼去见阿秀。阿秀一听要和高太太见面,而且还要和章平装成夫妻,脸都吓白了,怎么也不肯去。

高老板安慰她说:"到时你尽量不要说话,一切让章平去应付,你怕什么!"

阿秀还是不愿去,高老板于是就把章平叫上楼,说是让他和阿秀先试试演习一下。

章平和阿秀顿时都愣在了那里。以前他们虽说也常见面,但毕竟一个是老板的二奶,一个是司机,关系不一样,现在要假扮成"夫妻",事情来得太突然了。

而对高老板来说,这其实也是无奈之举,所以他只好硬着头皮对章平和阿秀说:"你们两个都给我听着,今晚这一关过也得过,不过也得过,你们只有帮我把太太打发了,你们也才有好日子过,要不,咱们三个都得完蛋。"

高老板把话说到这份上,阿秀和章平想想也只能是这样,于是两个人开始慢慢进入了角色。

阿秀看了看章平,说:"老公,你来了?"

章平笑笑,答道:"老婆,关键时刻,我能不来吗?"

高老板在一旁听了,连连击掌称好:"说得好! 太好了! 继续,继续!"

被高老板这么一夸,阿秀和章平有了信心,于是三个人根据晚上和高太太见面时可能出现的各种情况,反复练习,后来索性把孩子也抱出来,让章平和他亲热个够。

到了晚上,高太太就在她和高先生深圳的家里等着他们。

高太太看上去似乎很热情，一边招呼他们，一边从阿秀手中接过孩子，左看右看，说："这孩子真漂亮，几岁了？怎么越看越像一个人呢？"她边说边瞪了一眼跟在他们身后的高老板。

章平忙回答："孩子三岁了，太太看他像我是不？"章平边答边给阿秀递眼色。

阿秀赶紧伸手去接孩子，对高太太说："孩子调皮，身上脏，还是我来抱吧！"

高太太却不肯松手，眼睛盯着孩子："会叫爸爸了吗？"

这一招，高老板事先已经指挥章平和阿秀演习过了，所以三个人心里一点不慌。章平马上朝孩子张开双手："来，爸爸抱。"他顺势把孩子抱进怀里，照着那张小脸"叭"亲了一口，孩子甜甜地叫了他一声："爸！"

高太太将信将疑地看了高老板一眼，虽然嘴上不说什么，但高老板能感觉出来，太太原本绷紧的脸明显松了下来。高太太吩咐保姆开饭，一直在一旁提心吊胆的高老板赞赏地冲章平点了点头。

高老板原以为"考查"已经过关，谁知吃饭的时候，高太太又一次把孩子抱过来，一边给他各种好吃的，一边问这问那，一会儿工夫，孩子就让她给"贿赂"得服服帖帖了，两人又说又笑，显得异常亲热。高太太问孩子："告诉我，这里这么多人，除了你妈妈，你最喜欢哪一个？不准撒谎啊，撒谎的孩子是要被狼吃的！"

这一来，屋子里的空气顿时又紧张起来，大家都盯着孩子，怕他说漏了嘴，谁知孩子的回答出人意料，他用小手指着高太太说："我最喜欢阿姨。"大家都笑了，就连高太太自己也笑了起来。

可是高太太还是不放心，索性指着高老板问孩子："你该叫他什么？叫一声让我听听。"这一招也够厉害的，可章平他们下午也教孩子演习过多遍，所以孩子看看高老板，又看看章平，想了想，说："我叫他叔叔。"

哎呀,高老板心里总算放下了一块重重的石头。

吃完饭,章平和阿秀告辞要走,高太太却执意挽留,她拉着阿秀的手,说:"你和孩子来趟深圳不容易,今天怎么说也得在我家里住一晚上。房间我早给你们安排好了,你们就住二楼那个客房。"

高太太这一招却是他们事先谁也没有想到的,这一下三个人全傻了眼。

章平趁点烟的机会,与高老板对视了一眼。高老板也不是省油的灯,眼睛"骨碌"一转,立刻计上心来,他对阿秀说:"阿秀,你就和孩子住这儿,章平还要跟我出去办点事儿。"

高太太一听,立刻耍出老板娘的威风来,喝一声:"有什么事儿? 天塌下来我给你撑着。人家阿秀大老远来,不就图个夫妻团聚吗? 章平,别听他的,你要听他的,明天就立马走人!"

章平无奈地瞥了高老板一眼,那征询的眼光好像在问:"老板,您说我该怎么办?"

高老板万万没有想到太太会使出这么一个损招,他没辙了,又不敢和老婆对着干,只得无可奈何地朝章平两手一摊,说:"你自己看着办吧!"

高老板这句话说得非常意味深长,章平当然能够掂出其中的分量,他心里非常清楚:自己已经死路一条了,无论听谁的,卷铺盖走人已成定局。

这时,高太太已经不动声色地叫来了保姆,吩咐带客人上楼去休息,她自己则挽起高老板的手,往卧室走去。这一夜,高老板和高太太其实都没有合眼,彼此各怀心思,高老板担心章平假戏真做,高太太则唯恐他们不做。至于章平和阿秀以及孩子,天知道他们在客房里是怎么度过的!

第二天早上用过早餐,章平和阿秀正要向高太太告辞,高太太又发话了,说是阿秀来深圳应该住得舒服些,她让章平他们一家三口今天就索性搬过来住。

章平很机敏,忙推托说:"太太,谢谢您的好意,可阿秀今天就打算回老家去了。"

高老板一听这话,高兴坏了,觉得章平回答得真高明,便在一旁附和道:"是的,今天阿秀要回去了。"

高太太疑惑地望着阿秀问:"真的要走? 多住几天的话,我还可以带你去香港那边看看呢!"

阿秀赶紧摇头说:"谢谢太太,我也想多住几天,可老家有事,不回去不行了。"

高太太说:"既然家里有事,那就早点回去……你一个人回?"

阿秀点点头。

高太太说:"这不行! 你还带着孩子,一个人回去怎么行? 章平,我准你的假,你一定要把阿秀平平安安地送回家。"

章平只得唯唯诺诺地点头。

这时候,高老板脸色变了,他做梦也没有想到,章平一句十分得体的托词,却让太太做了文章,难道真让他们这对假夫妻回一次"家"了?

这还不算,高太太的本事高老板今天算是彻底领教了。因为高太太马上又趁热打铁地对章平说:"你和阿秀回去,我没什么好送你们,就给你们买三张机票吧! 走,我现在就送你们去机场。"

这一下高老板可慌了神:"他们还没收拾行李呢,你瞎操什么心?"

高太太察言观色,此时早已经对高老板背叛自己的行踪心知肚明,她得意地笑道:"我这心是操定了,你急什么呀!"

想了想,她又回头对章平说:"你去收拾行李,我和阿秀带着孩子先去机场!"她见章平愣在那里,故意激了他一下,"走啊,不是说要走吗？还愣着干吗？"

章平无奈地望着高老板，说："老板，那我走了？"

高老板气得一句话也说不出来，只是木然地点点头。

看着章平走远了的背影，高太太对阿秀说："咱们该去机场了，走！"转身，她又一把拽起呆坐在沙发里的高老板："你发什么呆啊，快，咱们一起去送送人家！"

去机场的路上，高太太神采飞扬，她亲自驾着车，和阿秀有说有笑，马上，她就要亲手放飞这只"金丝鸟"了，而且她以女人的直觉判断，阿秀再也不会回来了。只有高老板，整个人像一只斗败的公鸡，一路上始终一言不发。

到了机场，高太太买好机票不久，章平就匆匆赶到了，只见他背着一个当初闯深圳时用过的牛仔包，一脸笑容地从阿秀身上接过孩子，极像一个要回家的"丈夫"。

一会儿，他们这个航班开始安检了，高太太拉着高老板一起把这"一家三口"送到黄线处，高老板总算开了口，他意味深长地对章平说："我等你回来，没有你我还真不行！"

可谁知章平却神秘莫测地笑了笑，他回答高老板说："回不回来这要看阿秀了，只要她不反对，我会一辈子跟着您。"说着，他回头望着阿秀，"阿秀，你说是吗？"

阿秀看了高老板一眼，眼神非常复杂地说了一句："高总，您说呢？"

送走这一家三口，高老板独自回到公司，一个人失魂落魄地坐在办公室里，如丧考妣：这一走，谁能担保是个什么结局呢？走掉的不仅仅是情人，更重要的是，阿秀带走了那个用她的名字开户的存折，这上面是公司一百万元的临时周转资金……

（曹文明）

（题图：谭海彦）

计 海 谋 趣

人的才能就在于使生活快乐,在于用灿烂的色彩,使他生活的阴暗的环境明亮起来。

苦楝树作证

　　旺发老汉一早就和村主任吵得撕扯不开。

　　原因很简单:村子穷得全县有名,村主任扛着这块穷牌子,每年都能从上面得到很可观的资助。今天县里又有扶贫的财神爷要来考察,村主任和往常一样,弄些衣衫褴褛的老人、孩子在村口路边等着,以此打动来宾,指望救济。没想到,这回差点被旺发老汉坏了好事。

　　旺发老汉的儿子在城里教书,几天前,忽然捎信回来,说找了个女朋友,今儿要来看看。旺发老汉和老伴又喜又悲:喜的是儿子有了女朋友,悲的是家里穷得是甩手打着墙,抬手摸着梁。老两口一合计,去镇上磕头作揖租了冰箱、彩电等几样家用电器,装装门面。

县里的扶贫财神爷要来,而旺发老汉的家又在村口,要是让他们看到这些租来的家用电器,那就说不清楚了。村主任直着嗓门嚷:"这是全村的大事,坏了大事,我让老少几百口子把你这身老骨头砸碎了吃!"

旺发老汉也不示弱:"这是我们家一辈子的事,坏了我的家事,你不吃我,我也死给你看!"

难分难解之际,村会计"小诸葛"出了个主意:"我看这样,安排几个壮汉在旺发家屋后猫着,然后再派个人在村口放哨。如果是财神爷来了,马上将电器搬出屋子,藏在草垛里;如果是小媳妇来了,再快速将电器搬进屋,两全其美,互不打架。"

村主任闻听有理,对小诸葛说:"你脑子快,眼睛尖,就安排你在村口放哨。如果是财神爷来了,你就学驴叫,如果是小媳妇来了,你就学狗叫。我这头听你的叫声行事。"

旺发老汉又不干了:"凭啥我家儿媳妇来了,就让狗咬?不干!"

村主任息事宁人地摆摆手:"好好好,改过来,小媳妇是驴叫,财神爷是狗叫。"

于是,负责放哨的小诸葛来到村头的苦楝树下,不时地瞪着眼睛向远处眺望,可是一直等到快晌午了,还不见人来,昨晚打了一夜扑克,正困着哪,小诸葛不知不觉就靠着树干迷糊着了。

突然,有人喊:"来人了!"

小诸葛猛然惊醒,来不及多想,就扯着喉咙学狗叫。叫了几声,他定睛一看,路上来的好像是个陌生的女子,又赶紧改口学驴叫。

这边,村主任带着几个愣头青刚将电器搬出屋,忽听狗叫改了驴叫,旺发老汉大叫:"快!快搬回屋!"又赶紧搬进屋。刚刚摆放妥当,还没来得及喘口气,忽又传来小诸葛"汪汪汪"的狗叫声,村主任急坏了:"快,搬出去!狗日的小诸葛,看我怎么收拾你!"

原来,村头的小诸葛原先以为那年轻的陌生女子是旺发家的儿媳妇,没想到那女子上前来打听村干部怎么找,再一问,说是从县里来的。毫无疑问,是来扶贫的财神,小诸葛赶紧发信号,学狗叫,弄得那女子捂着嘴直想笑。

小诸葛说:"我知道村主任在哪儿,我领你去。这回,能给咱村多少钱?"

女子一愣:"给钱?"

小诸葛到底精明,立即站住,问:"你不是来扶贫的?"

女子笑了笑:"你先领我去旺发家吧,我和他儿子是同学。"

闻听"旺发"二字,小诸葛心里一激灵:我说哪有这么年轻又是一个人悄悄来扶贫的干部? 得,肯定是来暗访的小媳妇! 倘若耽误了旺发家的好事,他们非找我拼命不可。

小诸葛不敢怠慢,又扯着脖子改学驴叫,吓得那女子满脸煞白:怎么刚进村就碰到个脑子有毛病的人?

小诸葛领着女子,两个人一前一后刚走到旺发老汉家的篱笆墙边,就听到屋里传来撕心裂肺般的哭喊声。原来,几个负责抬电视机的冒失鬼被小诸葛的叫声弄得晕头转向,一失手,将崭新的电视机摔在地上,又恰巧地上有个大石墩,租来的电视机屏幕被砸了个粉碎。老两口一下子吓傻了,旺发老汉眼一黑,瘫倒在地,他老伴哭得死去活来。

村主任和大伙也吓呆了,一架大彩电两千多块钱,别说旺发家赔不起,就是村里也拿不出钱啊!

看着苦了一生的老两口,看着摔坏的电视机,再想想一贫如洗的村子和自己这种窝窝囊囊的样子,村主任鼻子一酸,"哇"地一声哭了起来。几个闯了祸的愣头青见村主任这样,也抱头哭成一片汪洋。

人们三三两两朝旺发老汉家围拢过来,小诸葛明白这灾祸与自己,不,与这女子有关,他瞪着悲愤的眼睛大叫道:"你到底是来扶贫的,还是来看婆家的?"

看着这里的一切,女子似乎明白了什么,她拿出介绍信,说:"我既是扶贫干部,也是你们村未来的媳妇。惭愧的是,我今天不但没给你们带来一分钱扶贫款,还给你们造成了损失。"

她上前搀起旺发老两口,抹去老人脸上的泪水,对全场的人说:"但我发誓,倘若两年后,谁家娶媳妇还买不起一台电视机,我就吊死在村头的苦楝树上!"

全村的人都愣住了,定定地看着她,因为总算见到了一个和过去不一样的扶贫干部。

(傅昌尧)

(题图:杨宏富)

嫁给公家人

小玉和村里的小文书强子好上了,这事儿小玉妈本来就不乐意,现在听说强子因为笔头子好、做事踏实,被调到乡政府任文书,她就更不乐意了,非逼着小玉跟强子分手。

小玉正和强子蜜里调油地好着,自然是不肯分,嘟着嘴说:"强子上进能干,哪点让您看不上了?"

小玉妈一屁股坐在地上,一把鼻涕一把泪地数落道:"你这个没良心的,你爹老早就甩甩屁股走了,我日做爹、夜做娘地把你拉扯大,现在好,你翅膀硬了,就不听娘的了。唉,我还不如死了算了!"

虽说小玉妈甩出这番话也不是什么新鲜招数,可对小玉还是挺管用,她不想让妈不开心。想了想,小玉使了个缓兵之计,说:"妈,我听你的还不行吗? 不过,我想问几个问题!"

小玉妈这才收了眼泪,点点头说:"要问啥?"

小玉在妈身边坐了下来,轻声说:"妈,强子他抽烟吗? 喝酒吗?"

小玉妈摇摇头:"这倒没听说过。"

小玉又问:"妈,强子他赌博? 花心吗?"

妈鼻子里"哼"了一声:"他敢!"

小玉又问:"妈,强子他……不要求上进,是个混混吗?"

"你……搞什么名堂?"小玉妈警觉起来,"有话就直说!"

小玉不紧不慢地说:"妈,强子既然没什么不好,你为什么就非要拆散我们呢?"

小玉妈这回听明白了:敢情闺女绕了这么大个圈子,不就是为的说这句话哩! 她当下脸一沉,说:"反正我就是不答应。实话告诉你,不为别的,只为强子他现在是个公家人。"

小玉糊涂了:"妈,公家人怎么了? 公家人吃人啊?"

小玉妈摇摇头,说:"唉,丫头呀,你不知道,公家人心贪着哩,你就是拿块砖头从他家门口过,他也会拿把菜刀在你砖头上磨两下。贪心的人咋会一辈子对你好呢? 咱还是找个老老实实的手艺人吧,靠得住!"

小玉听了撇撇嘴,一副不屑的样子。

小玉妈见小玉听不进自己的话,摆摆手说:"你不信? 好,回头妈逮个机会试给你看。"

三天以后。这天,强子正在村东头走着,小玉妈迎面过来,手里拎着个篮子,很沉的样子。强子因为平时小玉妈见到他都是一副十分冷淡的样子,所以正犹豫着要不要上前打招呼,倒是小玉妈主动开口叫了他一声:"强子,来帮个忙!"

强子正巴不得呢,小玉妈这么一喊,他忙冲上去,一把接过篮子。低头一看,强子叫了起来:"哇,全是大草鱼! 大妈,您买这么多草鱼干什么?"

小玉妈说:"哪是我买的,是吴老头在北荡里抽干了一条沟捉的,沟里还有鱼,他腾不出手把鱼送回来,我正好路过,他就让我帮着捎回来。鱼太多了,数都来不及数,强子,你就帮大妈把鱼送到他家去吧!"

强子找到了卖力的机会,开心地说了声"好啊",就拎着篮子大步流星地走了。

强子一走远,就有一个人从附近一棵大树后面转出来,这人正是小玉。小玉妈对小玉说:"丫头,你可亲眼看见了,那鱼你也数过了,是 28 条,等会儿你到吴老头家,数数他家的鱼,看少不少? 公家人看到油水不捞一把? 打死我也不信。"

小玉嘴上说"我就不信强子他会这样",可心却不由提了起来:强子,你可千万别让我失望啊!

过了一会儿,估计强子该把鱼送到吴老头家了,于是小玉便跟着她妈来到了吴老头家。一进堂屋,果然就看到一大盆鱼活蹦乱跳地在水里扑腾,小玉妈和吴老头老婆扯着闲话,小玉假装看鱼,嘴里却小声数起来:"1、2、3……"

数着数着,小玉忽然不吱声了,小玉妈偷眼一看,却见小玉脸色煞白,正咬着嘴唇数第二遍,数到最后"哇"地忍不住哭了起来,捂着脸向外直奔,把吴老头老婆吓了一大跳。

小玉妈心里明白:不用说,肯定是鱼少了。

只见小玉一路哭着,一口气奔到村西强子家。一进门,她就闻到一阵扑鼻的香味,不错,正是鱼汤的香味!

强子一见小玉来了,高兴地说:"小玉,我正要去找你哩,我妈今天买了两条鱼,专门炖了点鱼汤,你闻闻,可香哩! 这是专门为你炖的,我妈说,你最近瘦了……"

小玉才不要听这鬼话呢,她冲着强子大叫道:"你……你这个……你跟我来!"

强子还没反应过来，就被小玉拉起就跑，他想问问出了什么事，可是见小玉一脸气呼呼的样子，哪里还敢说什么，只得老老实实跟着她跑。

两人一阵风似的跑到吴老头家，小玉见她妈还在和吴老头老婆扯着闲话，小玉一肚子气，正要开口责问强子干的好事，却见她妈偷偷地直向她摆手，她只好生生地把到嘴边的话硬咽了下去。

瞅个机会，她走到妈身边，她妈紧张地小声说："闺女，弄岔了，弄岔了，你刚才数鱼时是不是少了两条？刚才吴老头老婆说了，鱼倒进盆里的时候，有两条蹦到外面，让隔壁的大狸猫给拖走了。"

小玉愣住了，怎么正好是少了两条？那强子家里的鱼又是怎么回事？她忽然像想起了什么，拉着强子回头又跑出门去。强子可被她搞懵了，不知道小玉今天是怎么回事，不过就这么被她的手拉着，他还真希望就这么一直跑下去！

跑回强子家，一头扎进门，那鱼汤味儿似乎更浓更香了，小玉一把掀开锅盖，锅里的水雾气直涌上来，小玉凑上前，往锅里仔细一瞧，嘿，哪里是草鱼，分明是两条黑鱼嘛！

小玉"哇"的一声又哭开了，边哭边扑进强子怀里直掐他："早不炖，晚不炖，偏这会儿炖什么鱼汤啊！"

强子慌得手足无措，实在不明白这到底是咋回事。

这时，小玉妈赶来了。小玉妈看了一眼锅里的黑鱼，再瞟瞟傻乎乎愣在那里的强子，说："还不盛碗汤给——妈喝？"

（梅　冰）

（题图：魏忠善）

当回快乐的黄牛

　　王力是个贵州来的打工仔,这天上午,他拿着三张车票从拥挤的人群中出来,几乎要瘫倒在地。为了这三张车票,早上三点钟他就赶到火车站排队,挤在黑压压的人群里,心烦意乱不说,单是站那儿五六个小时,比在工地脚手架上站一天还累。可是为了能赶回老家过年,他只好咬牙忍着。现在总算把票买到了,他回头看看拥挤不堪的售票大厅,长长地舒了口气。

　　就在这时,他的手机响了,是他的老乡打来的,说若是买到票的话,叫他赶快将票退了。王力气得几乎要发疯,对着手机大吼:"我排了五六个小时才买到票,你说退就退啦?"

　　那位老乡说:"我知道你买票不容易。可你知道吗? 老板说,有人年后要用我们盖的这幢楼派用处,现在楼里还有一些收尾活儿,老板说,谁愿意在年里加班,他发双份工资,年后还给十天假。这么好的事,你不愿意?"

一听说有这样的好事,王力立刻转怒为喜:"原来是这样啊,你为什么不早说? 好,我不回去了,马上就去把票退了!"说罢,他转身返回售票大厅。

大厅内依旧人山人海,王力想把票退到前面售票窗口,可是才挤了一半路就出了一头大汗,他不禁犹豫起来:是不是就在这里找个人把票退了? 正巧这时,他听到身后有个家乡口音的人在问到贵州的票在哪个窗口卖,他脑子里一闪:我何不把票退给他? 好歹是老乡,老乡帮老乡嘛! 于是立刻转过身四处搜寻,很快就找到了这个老家口音的人。

王力问他:"是去贵州吧? 我这有票。"

那人立刻露出一脸惊喜,可是还没说话,旁边就有声音说:"现在到处都在打击'黄牛',还有人敢出来冒险,也忒大胆了!"那人一听,本来要伸过来拿票的手立刻缩了回去。

王力觉得很好笑,解释说:"我不是黄牛,这是我刚买的车票,排了五个多小时呢,现在临时有事走不了。我是听你说话口音才认你这个老乡,问你要不要票的。放心,我不会多收你一分钱。"

被王力这么一说,那人动心了,问:"那你这票多少钱? 我付钱给你。"谁知他话音未落,旁边又有一位干部模样的人冷笑起来:"嘿,不多收一分钱? 现在哪有这样的好事? 老兄,千万别听他的,小心上当!"

一句话,就把这事儿给搅了。

王力心里十分窝火,他赌气地想:给你票你不要,哼,我现在还不想了呢! 你们不说我是黄牛吗? 我今天就当一回黄牛!

他走到售票大厅门口,见几个贵州口音的人正兴冲冲走过来,看他们脸上焦虑的神情,估计是来买票的,于是立刻叫住他们,问道:"我这里有到贵阳的票,要吗?"

这几个人停下脚步,走在前面的一个大个子似乎挺"懂行",问王力:"一张票加多少钱?"王力说:"20,一共三张,加60块钱。要不要?"

大个子朝那几个看了看,朝王力冷冷一笑,说:"才加20?不会是假的吧?现在外头一张贵阳的票至少加200。"

"就是。"他们中的另一个扯了大个子一把,"走,少跟他废话,现在哪有这么便宜的事!"说着,这一行人走进了售票大厅。

王力真是哭笑不得:这到底是怎么回事?是不是非得把人逼到彻底黑了心才好?哼,钱谁不想要?既然你们说至少得加200,那我就加200,这可是你们给逼的!

可是,一想到真要把每张票调高200元,王力自己都吓了一跳。他到底怕出事,为保险起见,他决定离开人多眼杂的售票厅,到外面车站广场上去看看。

此时,广场上聚集了不少人,也是急着要票的,可是王力不知道他们要去哪里,总不见得一个个地去问吧?他望着那些人,忽然心生一计,于是就跑到附近一家店铺,向老板讨了一张旧报纸,借了一支笔,在上面"刷刷"写起来。写完了,他将报纸卷起来,往不远处的几个人走去。

走到他们面前,王力把手里的报纸一亮,那几个人看了,连忙朝他摆手。原来纸上写的是:有到贵阳的票。王力觉得这个办法很省力,不用自己开口,于是就卷着报纸在人群里转来转去,看到有可能的对象,就把手里的报纸亮给他们看。他一连亮了五次,当第六次亮开报纸时,一个年轻人凑了上来,问他:"你有到贵阳的票?"

王力一看机会来了,心里一喜,连忙把报纸收起来,说:"我有三张,要不要?"

年轻人说:"三张正好。你一张加多少钱?"

王力犹豫了一下,试探道:"如果你真想要,我可以少加点,一张加200,你看——"

"200 太高了,"年轻人抱怨道,"一张加 150,怎么样? 行就拿来。"

王力往四周看了看,见没有人注意他,就迅速从口袋里掏出车票。年轻人接过去,仔细看了看,抬头说:"老兄,行啊! 现在在打击黄牛正在风头上,你还敢到这里来,是不是上头有人罩着?"

王力一惊,以为撞见便衣警察了,立刻紧张起来。

"不要紧张,我不是警察。"年轻人说,"我只不过是随便问问。"说着,他就很爽快地从口袋里掏钱给王力,然后招了一辆"摩的",头也不回地走了。

望着年轻人远去的背影,王力一阵狂喜:哈哈,三张车票一倒手就赚了 450 块,足足抵上我半个月的工资了!

可就在这时,两个戴红袖标的人突然出现在王力面前:"小伙子,你在干什么?"

王力一惊,心里暗自叫苦:我怎么这么倒霉,才干一回就被盯上了呢? 幸亏现在票已出手,我不认账,你们能把我怎么样? 他打定主意要赖到底。

那两个戴红袖标的人看王力不动声色的样子,其中一个抢过他手里捏着的报纸,见上面写着"有到贵阳的票吗",他傻眼了:"你要买票? 你买票到售票厅去,在这里瞎转什么?"

王力不是明明写的是"有到贵阳的票",怎么这会儿多了一个"吗"字? 原来,他鬼得很哩,为防万一,特地在"有到贵阳的票"后面加了个"吗"字,但在出示给人看的时候,故意又用手把后面的这个"吗"字遮去了。

两位"红袖标"气哼哼地走了,边走还边不甘心地朝王力张望。王力窃笑:"看我干什么? 你以为我爱这么干呀? 仅此一回,下不为例!"

(詹有星)

(题图:谢 颖)

找见自己

王小六是个爱逗乐的小伙子,这天他从城里回乡下休假,刚到家就去了后山。为啥?那是他小时候最爱玩的地方。

望着山下绿油油的田野,呼吸着山里的新鲜空气,王小六真想喊它几嗓子。喊什么好呢?他闭上眼,突来灵感:何不喊喊自己的名字?离开家乡这么多年了,呼唤一下曾经的自己,多么浪漫!

于是,他登上顶峰,两手合成喇叭状,大喊了一声:"王小六!"那声音拖得老长老长,传得好远好远,而且山里还有回音,呵呵,真是过瘾!

不料,余音刚过,传来一个洪亮的声音:"王小六家住那边,你得朝那边喊。"

王小六愣了愣,一看,只见从下面的竹林里走出来一位大爷,正仰着脸给他指路。

王小六乐了:这位大爷还以为我真的在喊人呐?嘿嘿,喊就喊呗。于是,索性又顺着大爷手指的方向痛痛快快地喊了几嗓子。

大爷声如洪钟地说:"你大声点啊,他家就在山脚,平时一叫就听见,怎么这会儿会叫不答应呢?你声音太轻。"

王小六看大爷这么认真的样子,忍不住要笑出声来,于是就装模作样地又吼了几声。

大爷还是摇头:"不行,不行,你声音还轻,饿着肚子还是咋的?"

王小六有点嫌大爷烦了,趁他不注意,"哧溜"一声便要往山下跑。

不料大爷急了:"你怎么不喊了?你再到那边去试试喊啊,往这边走有什么用?"

王小六被缠得没办法,心想:也好,绕到那边,大爷就看不到了。于是便绕到那边,装模作样地嚎了几声,这才松了口气,往地上一坐,想好好休息休息。

哪知坐了没一会儿,忽然就听见头顶上有人喊:"年轻人,叫答应没?"抬头一看,正是刚才那位大爷。

离得近些,王小六才认出来:这不是村里年纪最大、辈分最高的有德老汉吗?老人家今年应该有九十多岁了吧?没想到腿脚还这么灵便,竟"呼哧呼哧"自己跑上山来了!

看来老人是没有认出自己来,王小六这下可不敢说自己其实是在闹着玩的,只得顺口答道:"没有,大概不在家吧。"

老人瞅着王小六打量了半天,才问道:"年轻人,你打哪来?"

"省城。"

"你和王小六是什么关系?你有事找他?"

王小六支支吾吾道："我们是朋友，几天不见，想他想得慌。"

老人琢磨了一会儿，说："王小六在家，走，我带你到他家去。"

王小六慌了："不用，不用，我改天再来。"说罢，起身就想开溜。

老人拦住他说："改天多麻烦，今天他肯定在家，走，我领你去。"

王小六没办法，只好跟着往山下走。

老人一边走，一边和他聊天，东拉西扯的，可王小六什么也没听进去，一门心思就想着怎么脱身。走着走着，他突然灵机一动，叫道："哎呀！那不是王小六吗？总算找见了！谢谢您老人家啊！"说罢，头也不回，撒开腿就跑。

可是转过个弯，王小六就傻眼了：几年前的山路早不见了影，前面是一个悬崖，人根本下不去。这可如何是好？不过，他到底是个机灵人，他见老人正往这边赶，当即往地上一坐，装着什么也没发生过的样子。

老人追上来，说："我说年轻人呀……"

王小六不等他说完，就装着惊喜的样子叫起来："哎呀！原来是有德公公！我是南村的王小六啊，好多年不见，您老身子骨还这么硬朗？是来山上散心的吧？"

老人愣住了，瞅了王小六好半天，这才喘了一口气，说："我正找你呢！刚才你朋友大老远地来，在山上叫了你半天。"

王小六直摇头："不会吧？我坐在这里少说也有两个时辰了，有人叫我，应该早听见了才对，该不会是您老听错了吧？"

老人又喘了口气，突然像是看到了什么，指指前方说："哎呀，你朋友下山去了，正走在村口呢，快，咱们追他去！"说罢，拉起王小六便往村口走。

王小六心想：敢情老人真有点糊涂了？不过，这样也真是好玩,就顺着他玩吧,嘿嘿,看看这事儿怎么收场!

　　两人来到村口,王小六有模有样地左右张望了一番。谁知老人却指着一个菜窖口说:"我看见他进那儿去了!"

　　王小六差点没笑出声来,脸上却一本正经地说:"一定在里面! 我去找找看,我说这个古怪的朋友呀!"他边说边就猫着腰往菜窖里走。

　　不料他刚走进去五六步,只听见"砰"的一声,他身后的菜窖门被重重地关上了,紧接着"喀"一声,门锁也锁上了。只听老人在外面声嘶力竭地喊:"快来人呀! 是王老五城里那个儿子呀,不知啥时候回来的,他疯了呀!"

(冷　空)

(题图:顾子易)